Die Flöte aus dem Mondgarten

Die Flöte aus dem Mondgarten

Erzählungen von Mut und Hoffnung

von

Barin Bhattacharyya

Illustrationen von

Annegret Marie Becker

Bibliografische Information der Deutschen Nationalbibliothek
Die Deutsche Nationalbibliothek verzeichnet diese Publikation in der
Deutschen Nationalbibliografie; detaillierte bibliografische Daten sind
im Internet über http://dnb.d-nb.de abrufbar.

Dieses Buch folgt nicht der reformierten neuen Rechtschreibung.

Umschlagdesign, Satz, Herstellung und Verlag:
BoD – Books on Demand, Norderstedt
ISBN 978-3-7578-7385-1

Inhalt

Vorspiel

So kurz mein Aufenthalt im Mondgarten war, er hat doch Spuren bei mir hinterlassen. Träume suchten mich heim, Träume von einem Schatten, der mir von seltsamen Begebnissen berichtete und mich veranlaßte, diese niederzuschreiben. Es sind Begebnisse aus fremden Zeiten, die ich nicht verstehe, aber auch meine eigene Geschichte.

Als der Schatten schließlich dieses Buch aus meinen Händen nahm, fragte ich ihn nach dem Sinn des Manuskriptes. »Man verlangt es von mir«, lautete die Antwort. »In einer Welt, die Mut und Hoffnung wiederfinden will, sucht man nach Vorbildern. Frag mich nicht weiter!«

Danach kamen diese Träume nicht wieder. Aber das Buch beschäftigte mich so sehr, daß ich es schließlich wirklich niederschrieb.

Nun lege ich es in Deine Hand. Mögest Du die Geheimnisse entschlüsseln, die ich nicht lösen konnte.

Der Mond und die Wölfe

Jedesmal, wenn Fjodor Iljitsch Dymov auf das Bildnis der Muttergottes in der Ecke des kleinen Wohnraumes geblickt hatte, verfolgte ihn ihr Blick oftmals noch sehr lange, wenn er sein Gewehr schulterte und hinaus auf die Weide ging, um die Schafherde des Fürsten zu beschützen. Am häufigsten waren es die Wölfe, die Schafe rissen, und der Fürst kannte kein Erbarmen mit den Wächtern, die einen solchen Frevel zuließen. Die Schafe gehörten nicht den Wölfen, nicht den Menschen und schon gar nicht Gott; sie gehörten ihm allein.

Außerdem waren die Raubtiere auch Menschen gefährlich. Vor achtzehn Jahren hatte Dymovs Vater die Schafe gehütet und sich den Wölfen gestellt. Tags darauf hatte man sein Gewehr und seine zerrissene Kleidung gefunden, von ihm selbst aber keine Spur mehr. Es war gerade sein siebzigster Geburtstag gewesen.

Heute feierte Dymov nun selbst seinen siebzigsten Geburtstag, am 9. Dezember 1870. Der Winter war in diesem Jahr streng. Lauschte man dem Heulen des Windes, der dichten Schnee vor sich her wirbelte, dann konnte man gelegentlich das Blöken der Schafe und das Heulen von Wölfen hören. Eigentlich merkwürdig, dachte Dymov, wieso heulten sie, wenn der Mond gar nicht schien?

Sein Blick fiel auf die Muttergottes. Was hatte sie alles gesehen, seit seine Mutter ihm dieses kleine Gemälde übergeben hatte? Viel hatte sie gesehen. Seine Frau war hier gestorben, sein Sohn kam dreimal im Jahr zu Besuch, wenn seine Pflichten als Anwalt in Irkutsk es zuließen, und seine Tochter hatte hier ihren Sergej geheiratet. Ach, Sergej! Ein Taugenichts schien er zu sein, aber Mischa wollte ihn haben und ließ sich durch nichts überreden, sich einen anderen Mann zu wählen. Das Dorf lag über zwanzig Werst weit weg; auch hatte der Fürst Interesse an Mischa bekundet- da hatte der Pope das Problem gelöst, indem er die Trauung heimlich vorgezogen und hierher verlegt hatte. Daß er hierbei nur an den exzellenten Wodka dachte, den Dymov seinerzeit aus Moskau mitgebracht hatte und den man anschließend trinken konnte, war natürlich ein Gerücht gewesen. Die Behauptung, daß man ihn nach der Hochzeit tatsächlich trank und der Pope schließlich nicht mehr gerade stehen konnte, beruhte allerdings auf Wahrheit.

Nun- so schlecht war es hinterher gar nicht gelaufen. Der Fürst machte keine Probleme wegen Mischa, vermutlich, weil er gerade mit seiner neuen Bediensteten beschäftigt war, und Sergej erwies sich dann doch als verantwortungsvoller Ehemann.

Mischa besuchte ihren Vater regelmäßig. Seinen siebzigsten Geburtstag mußte Dymov nun allerdings doch alleine feiern. Ein langwieriger Prozeß hielt seinen Sohn noch auf, und Mischa pflegte den kleinen Enkel, der mal wieder krank im Bett lag. Nächste Woche sollte dann eine umso größere Feier stattfinden.

Wieder blickte Dymov auf die Muttergottes. Wurde er närrisch, oder hatte ihr Blick heute etwas Beunruhigendes, Warnendes an sich? Er beschloß, vor dem Schlafengehen noch einmal spazierenzugehen.

Ächzend erhob er sich aus seinem Sessel, zog seine Stiefel und den schweren Mantel an, setzte die Pelzmütze auf, lud das schwere Gewehr durch und begab sich auf den Weg zum Tal.

Der Schneesturm hatte aufgehört. Durch die dahintreibenden Wolken ließen sich einzelne Sterne erkennen, und dann und wann leuchtete auch der Vollmond auf. Sein bleiches Licht ließ die Myriaden von Schneekristallen vor dem Auge des Wanderers glitzern.

Plötzlich hörte Dymov mehrere Wölfe heulen. Der warnende Blick der Muttergottes fiel ihm wieder ein. Achtzehn Jahre, einen Monat und zwei Tage war es nun her, daß sein Vater den Wölfen zum Opfer gefallen war. Er entsicherte das Gewehr.

Dymov stand nun auf einer Höhe, von der aus sich das Tal überblicken ließ. Sein Auge schweifte über die dunkle Silhouette des Waldes, der das Tal umrahmte. Tagsüber konnte man die unterschiedlichsten Grüntöne genießen, nachts verschmolz alles zu einem dicken schwarzen Block, welcher nun vor der Kulisse der mondbeleuchteten Wolkenwände in zahllosen Baumspitzen zerfaserte. Im Tal befand sich die große Wiese mit den Schafen, dahinter brauchte man nicht mehr lange zu gehen, um zum nächsten Gehöft zu kommen.

Dymov mußte schon sehr tief in Gedanken gewesen sein. So fiel ihm der Wolf erst auf, als er vor ihm stand. Es war ein altes Tier, groß, aber abgemagert. Zweifellos hatte er seine besten Zeiten schon hinter sich. Im allgemeinen flohen die Wölfe vor Menschen, es sei denn, der Hunger ließ sie einen Angriff wagen.

»So«, sagte der Schäfer laut, »da stehen wir nun also. Und was machen wir jetzt zusammen?«

Der Wolf stand unschlüssig in seiner Nähe, seine Augen spiegelten das Licht des jetzt hervorbrechenden Mondes aber nicht wider. Sie wirkten stumpf, aber irgendetwas an ihrem Blick schien Dymov vertraut zu sein. Dann und wann hob das Tier eine Pfote aus dem Schnee, als wolle es gehen, setzte sie dann aber doch wieder nieder. Es wäre nur gerecht, wenn ich ihn jetzt niederschösse, dachte Dymov, an meinem siebzigsten Geburtstag, für meinen Vater.

Da wandte sich der Wolf ab und humpelte fort, auf den Wald zu. Und plötzlich wurde dem Schäfer das Gewehr zu schwer; er setzte es ab. Seine Blicke folgten dem humpelnden Tier, bis es im Wald verschwunden war. Dann machte auch er sich auf den Heimweg.

Zuhause angekommen, verstaute Dymov zuerst das Gewehr sorgfältig im Schrank. »Weißt du«, wandte er sich dann an die Muttergottes, »ich bin alt, und er ist alt. Heute schieße ich auf keinen Wolf. Mag der Fürst auch toben und schreien, das ist mir egal!« Dann ließ er sich im Sessel nieder und schlief ein.

Draußen im Walde traf der Wolf inzwischen auf seine Artgenossen. Sie hatten gesehen, wie er aus Unachtsamkeit dem fremden Menschen begegnet war, und staunten nun nicht schlecht, daß er es überlebt hatte. »Wie kann das sein; er ist doch ein Mensch?«, riefen sie.

»Das schon«, lächelte der Heimgekehrte mit nun gar nicht mehr stumpfem Blick, »aber er ist mein Sohn und hat mich in seinem Herzen wiedererkannt. Er hat seinen Geburtstag nicht durch einen Schuß entweiht, wie ich es getan habe, und ist deswegen ein Mensch geblieben.«

»Aber wie konnte er wissen, daß er es heute nicht tun durfte?«

»Wer weiß, vielleicht hat man ihn gewarnt.«

»Aber wer?«

»Liebe Freunde, fragt mich nicht! Ich kann es euch doch auch nicht sagen.«

Mit diesen Worten blickte der Wolf nach oben, wo der Mond wieder zwischen den Wolken verschwand. Das bleiche Licht schien nicht mehr auf die Muttergottes, und sowohl ihre Augen als auch das Wolfsrudel verschwanden in der Dunkelheit der Nacht. Nur der Wind wehte weiter und trieb die Schneekristalle vor sich her…

Begegnung im Orchestergraben

Im Jahre 1810 erhielt ich den Auftrag, in Paris den berühmten Gitarrenvirtuosen Ferdinando Carulli aufzusuchen und mit ihm zusammenzuarbeiten. Daß es letzten Endes nicht zu dieser Zusammenarbeit kam, ist bekannt, und die Musikwissenschaft rätselt über die Gründe. Dabei sind im Laufe der Zeit die Gerüchte immer abenteuerlicher geworden, und so habe ich beschlossen, nun selbst für Aufklärung zu sorgen.

Als ich in Paris eintraf, war ich sehr aufgeregt. Musik mit und für Gitarre galt erst seit kurzer Zeit als gesellschaftsfähig, aber ich wußte wohl, daß Paris und Wien mittlerweile in einem wahren Gitarrenfieber lagen. Zu den Wegbereitern dieser neuen Begeisterung gehörte auch Carulli.

Am Vorabend unseres Treffens begab ich mich in das Theater, wo wir am nächsten Tag erstmalig gemeinsam auftreten sollten. Der Orchestergraben stand von der letzten Opernaufführung noch offen; die Kulisse hatte man hingegen schon größtenteils abgebaut. Ich malte mir aus, wie der Saal morgen um diese Zeit aussehen würde: geschmückt mit den prächtigen Kleidern der großen Damen, die im Zuschauerraum rascheln würden, und golden erleuchtet vom sanften Licht unzähliger Kerzen. Das Publikum würde raunen und den neuesten Klatsch austauschen über den Meister, von dem bekannt war, daß er sich eine Meistergitarre aus Spanien hatte kommen lassen.

Als mein Blick durch den leeren Raum schweifte, gewahrte ich im Dunkel des Orchestergrabens einen länglichen Gegenstand, der auf einem Stuhl lag. Von oben konnte ich nicht erkennen, worum es sich handelte. So begab ich mich in den Orchestergraben.

Auf dem Stuhl lag eine Querflöte. Ich war ziemlich überrascht, daß ein Musiker seine wertvolle Flöte in der Oper vergessen kann, aber ich ließ mir meine Verwunderung nicht anmerken und grüßte sie, wie es sich gehört.

»Trittst du nicht morgen zusammen mit Carulli auf?«, erkundigte sie sich nach der Begrüßung.

»Das ist richtig«, entgegnete ich. »Woher weißt du das?«

»Ich werde morgen auch dasein, im Orchester.«

»Dann wirst du ja alles hautnah miterleben. Freust du dich auf das Konzert?«

»Nein.«

Ich war sehr verblüfft. »Warum nicht?«

»Hier ist alles so künstlich, es stinkt nach Parfum, und die Menschen sind so laut!«, erklärte die Flöte. »Keiner hört richtig zu. Früher lebte ich auf dem Lande und gehörte einem Hirten, der mich beim Schafehüten spielte. Mein Vetter wurde von einem berühmten Solisten in Mozarts Flötenkonzert gespielt. Aber schau dich doch mal um: Bläserkonzerte gibt es jetzt kaum noch, alles liebt nur noch Geige und Klavier!«

»Naja, ganz so ist es ja auch nicht,« erwiderte ich. »Morgen geht es um Gitarrenmusik.«

»Und für wie lange? In zehn Jahren wird man vielleicht nicht mal mehr wissen, was eine Gitarre überhaupt ist.«

Hier zögerte ich, der Flöte zu widersprechen. Den Gedanken, den sie so offen aussprach, hatte ich schon länger gehabt. Wenn ihre Befürchtung eintraf, würde der Name Carulli bald niemandem mehr ein Begriff sein, und was sollte dann aus mir werden?

»Nun ja«, wandte ich ein. » Ich kann dir nicht unrecht geben. Aber es wird doch immer mal Kammermusik geben, in der Flöte oder Gitarre die Hauptrolle spielen. Und manche sagen ja, die Kammermusik sei im Gegensatz zur Orchestermusik die Königsgattung.«

Die Flöte schnaubte verächtlich. »Das glaube ich nicht. Schau dir doch mal Bachs Flötensonaten an! Wenn man mich bei ihnen spielen wollte, müßte man als Begleitung ein Cembalo haben. Aber die sind ja auch schon Vergangenheit, und auf dem Klavier klingt Bach nicht echt.«

Der Kummer der Flöte bekümmerte mich. Doch ganz mochte ich ihr nicht zustimmen. Um sie aufzuheitern, bot ich ihr an, die Partitur einer Bachsonate zu besorgen und dann mit ihr zu musizieren. Die Flöte war sehr skeptisch, stimmte aber zu. Schon nach einer Stunde musizierten wir miteinander. Ich sang den Cembalopart, so gut ich es vermochte, und ich merkte wohl, daß die Laune des kleinen Instrumentes sichtlich stieg.

»Das war sehr schön«, meinte die Flöte, als wir fertig waren, »so etwas würde ich gerne viel lieber machen als morgen im Orchester nur zu begleiten.«

»Nun ja«, erwiderte ich verlegen, »ich konnte die ganze Nacht vor Lampenfieber nicht schlafen. Ich muß zugeben, daß ich auch viel lieber vor kleinem Publikum auf dem Lande auftreten würde.«

»Dann laß uns ganz schnell verschwinden!«, rief das Instrument begeistert. »Auf dem Lande findet man uns nicht so schnell!«

Sie brauchte nur wenig Zeit, um mich zu überzeugen. Schon kurz darauf schlichen wir uns aus dem Theater und verließen Paris noch in derselben Nacht. Einen Monat später heirateten wir in der Provence, wo wir noch heute miteinander leben.

Dies ist der Grund, warum Carulli und ich uns nie begegnet sind. Ich wünsche ihm von Herzen Ruhm und

Erfolg, aber mit mir kann er nicht rechnen. Er hat sich in der Zwischenzeit auch längst eine andere Gitarre aus Spanien kommen lassen, die bestimmt nicht schlechter war als ich, denn sie wurde in derselben Werkstatt gebaut wie ich...

Das Kartenspiel

Es geschieht nicht selten, daß ein Geist aus der Vergangenheit zu neuem Leben erwacht. In meinem Fall handelt es sich um eine ganze Reihe von Geistern, aufgereiht auf einer Abfolge von Karten.

Als ich mir vor zwei Monaten Unterlagen holte, die ich irgendwo auf dem Dachboden meines Hauses zwischengelagert hatte, stöberte ich noch in den Schubladen des alten Schrankes herum, der seit Jahren dort steht. Einst hatte er mein Wohnzimmer geschmückt, in jener alten Mietwohnung, in der ich während meines Referendariats gewohnt hatte. Doch als ich in den Beruf ging und darin sehr erfolgreich wurde, kaufte ich mir ein eigenes Haus mit kostbareren Möbeln. Dieser Schrank repräsentierte meine Schulzeit und mein Studium, im ganzen eine Zeit, an die ich nicht gern zurückdachte. Doch ihn auf den Sperrmüll zu geben, obwohl er noch gut war, das mochte ich nun doch nicht tun. Er wanderte auf den Dachboden.

In einer der Schubladen fand ich ein altes Kartenspiel. Es handelte sich nicht um irgendein Spiel, sondern um ein selbsterfundenes. Als ich noch klein war, besaßen wir nie soviel Geld, daß wir uns viele teure Spielsachen leisten konnten. Doch erwies sich dieser scheinbare Mangel als Vorteil: wir benutzten unsere Phantasie und schufen selbst Figuren und Spiele.

Auf 78 Karten hatte ich- fasziniert vom Tarot- eine Reihe von Märchenfiguren erfunden: den König, die Prinzessin, den Hofzauberer und den Narren. Natürlich gab es auch negative Figuren, die den Verlauf des Spiels beeinflußten: den Raubritter, den Sensenmann, die Hexe und den Namenlosen.

Ich nahm das Spiel mit hinunter in mein Wohnzimmer, breitete den Kartensatz auf dem Tisch aus und überlegte mir, ob ich wohl noch imstande sei, mich nach so langer Zeit an die Regeln zu erinnern. Wesentlich war es bei diesem Spiel gewesen, daß die Figuren nicht irgendwelche Werte besaßen, sondern Charaktere. Es hatte sich im weitesten Sinne um Rollenspiele gehandelt.

Ich legte mehrere Figuren, unter ihnen den König, zu einer bestimmten Anordnung und begann wie vor Jahrzehnten einen Dialog, wie ihn die Figuren geführt hatten. Es fiel mir schwer, mich zu erinnern, zudem mußte ich ja nun alleine die Dialoge gestalten, die ich in der Kindheit zusammen mit meinen Geschwistern geführt hatte.

»Seid gegrüßet, oh ihr meine Untertanen«, begann ich, die Karte des Königs aufnehmend. »Jahre ist es her, daß ich zu euch sprechen und so hohle Reden wie ein Politiker schwingen durfte.« Ich mußte kichern, weil ich den Figuren Sätze unterschieben konnte, die ein wirklicher König im Leben nicht gesprochen hätte. Man konnte hier wirklich Gott spielen.

»Natürlich, oh ihr ehrenwerten Karten, sind wir alle älter geworden«, fuhr ich fort. »Demnach bin ich jetzt 120 Jahre alt, weil ich ja schon als alter Mann geschaffen wurde von diesem Genie, das mich führt.«

»Für dieses Alter hast du dich aber gut gehalten, Väterchen!«, piepste ich als Prinzessin.

»Irre dich nicht, meine Kleine, den Tod kann man nicht überwinden, und wer versucht, Gott zu spielen, bringt sich selbst in Gefahr.«

Verwirrt hielt ich inne. Diese Worte hatte ich nicht sagen wollen; sie schienen mir direkt aus dem Mund gefallen zu sein.

In der Küche klirrte es. Ich stand auf, um nachzusehen, aber es war kein Teller, der irgendwie zu Boden gefallen war. Glaubt es oder glaubt es nicht, aber ich erblickte- eine

Krone. Nur einen Moment fiel sie mir im Dämmerlicht auf, das durch das Fenster drang- dann war sie verschwunden.

Kopfschüttelnd begab ich mich wieder in das Wohnzimmer, in der Gewißheit, daß der Ton von draußen, von der Straße, gekommen war und ich mich geirrt hatte. Man nimmt ja viele Phantome in der Dämmerung wahr. Doch schon im nächsten Moment sah ich mich eines Besseren belehrt: das Bild des Königs war von der Karte verschwunden, und stattdessen gewahrte ich ein prunkvolles Grab.

Zuerst starrte ich auf die Karte, dann sprang ich auf, schaltete alle Lampen ein, die ich überhaupt nur finden konnte, und musterte die Zeichnung genau. Sie war genau in meinem Stil gezeichnet. Alle übrigen Spielkarten hatten sich nicht verändert.

Sehr erregt legte ich das Spiel wieder zurück in seine Schachtel, stürmte die Treppe hinauf und brachte die Schachtel wieder an ihren Platz im Schrank zurück. Dann saß ich wieder im Wohnzimmer und versuchte nachzudenken, aber meine Gedanken wirbelten nur herum und ließen sich nicht greifen.

Es war schon wieder dunkel geworden, als ich die Treppe erneut hinaufstieg. Es war meine Absicht, mich davon zu überzeugen, daß ich mich geirrt hatte, daß meine mittlerweile ungeübte Phantasie mir nur einen dummen Streich gespielt hatte.

Die Treppe knarrte unter meinen Schritten. Draußen heulte der Schneesturm und erinnerte mich daran, daß heute Heiligabend war. Ein Heiligabend ohne meine Freundin, die für immer aus meinem Leben gegangen war, ohne Menschen, die mir noch etwas bedeutet hätten, aber mit Figuren, die ich einst geschaffen hatte! Ich lächelte grimmig.

Auf dem Dachboden angekommen, zog ich mir einen Stuhl an den Tisch und breitete die Spielkarten vor mir aus. Sie hatten sich noch weiter verändert. Über sechzig Karten wiesen nun Gräber auf, die zwar alle sehr unterschiedlich aussahen, aber doch in meinem Stil gezeichnet waren. Noch während ich nachgrübelte, was dies bedeuten könne, begannen die Konturen des Herolds zu verlaufen und sich neu anzuordnen. Vor meinen Augen entstand ein neues Grab.

»Was kann das sein?«, murmelte ich. »Es ist Heiligabend, und ich sehe hier den Tod wüten?«

Als ich meinen Blick hob, erblickte ich zwei Menschen, die vor mir standen. Sie sahen genauso aus, wie ich sie auf den Spielkarten gezeichnet hatte: die Prinzessin jung und schön mit zarten mädchenhaften Gesichtszügen und der Namenlose, die Kapuze tief ins Gesicht gezogen.

Die Prinzessin lachte. »Du glaubst, daß der Tod wütet? Aber nein, mein Prinz, so ist es doch gar nicht. Wir haben unser Leben doch schon längst gelebt.«

»Wann soll das gewesen sein?« Ich staunte, daß ich beim Anblick dieser beiden Gestalten gar keine Furcht empfand. Draußen heulte noch immer der Sturm.

»Als du jung warst, mein Prinz. Wir waren doch alle deine Freunde, und du hast mit uns gespielt, erinnerst du dich denn gar nicht?«

»Doch, schon. Aber was bedeuten denn diese Gräber hier auf den Karten? Es sind jetzt sechsundsiebzig, nur ihr beide lebt noch.«

»Du irrst dich, mein Prinz. Du müßtest richtiger sagen: nur wir beide, der Namenlose und ich, sind noch tot. Was meinst du denn, was wir waren, bevor du uns gezeichnet hast?«

»Was weiß ich? Gedanken in meinem kindlichen Hirn, Erfindungen meiner Phantasie?«

»Aber nein, mein Prinz.« Sie lachte hell auf. Ihre Stimme erinnerte mich an klingende Glöckchen. »Wir haben alle gelebt, lange bevor von dir überhaupt die Rede war. Wir haben gearbeitet, geschlafen, gelebt und unsere Tage vergehen lassen. So wie du. Keiner von uns fragte, was er aus seinem Leben macht. Eines Tages kam ein Mönch zu uns und predigte auf dem Marktplatz. Er sagte, Arbeit, Liebe und Schlaf seien nicht das Einzige im Leben; er wollte wissen, ob es denn für uns nichts anderes gäbe? Wir lachten ihn aus. Am nächsten Morgen war irgend etwas anders geworden. Unser Denken kreiste nur noch um ein kleines Kind, das mit uns spielte. Dieses Kind wurde größer, und eines Tages sahen wir es nicht mehr. Es war nur noch dunkel. Da hörten wir die Stimme des Mönches in der Dunkelheit. Er teilte uns mit, wir seien wie alle Menschen nur Figuren im großen Spiel des Lebens gewesen, und jetzt lägen wir auf einem Dachboden in einer Schublade. Nun hätten wir viel Zeit, über den Sinn unseres Lebens nachzudenken, als

Bestandteile eines überflüssig gewordenen Kartenspiels. Unsere innere Suche würde solange dauern, bis jemand das Spiel an einem heiligen Tag wieder hervorholt.«

Eine kurze Pause trat ein. Der Wind rüttelte am Dach, das Heulen schwoll an und ab. Schließlich fuhr die Prinzessin fort: »Du hast uns nun hervorgeholt und damit erlöst. Unser Leben fängt wieder an. Wenn du den ganzen Tag arbeitest und glaubst, dies sei dein alleiniger Sinn, dann denke an uns. So wie wir an dich denken, mein Prinz.«

Ihre Gestalt verschwamm vor meinen Augen und verschwand schließlich ganz. Auch auf ihrer Karte befand sich nun ein Grab. Nur eine einzige Karte fehlte noch: die des Namenlosen, der schweigend und reglos die ganze Zeit vor mir gestanden hatte.

»Was ist mit dir?«, fragte ich ihn. »Gehst du mit ihnen?«

Er schüttelte langsam den Kopf.

»Was tust du dann hier? Was willst du von mir?«

Langsam wandte er sich dem Schrank mit der noch immer offenen Schublade zu und holte etwas Glitzerndes und Funkelndes daraus hervor. Ich erkannte die Krone, die mir in der Küche aufgefallen war. Er setzte sie auf meinen Kopf und flüsterte: »Das Spiel braucht einen neuen König.«

Einen Moment lang starrte ich ihn verwirrt an, dann begriff ich. »Nein!«, schrie ich aufspringend, »ich will nicht Teil eines Kartenspiels werden!« Und bevor ich mir darüber klar wurde, was ich eigentlich tat, zerriß ich das Kartenspiel und streute die Fetzen herum.

Draußen wurde es still. Der Wind legte sich. Ich bemerkte, daß ich auf den Knien lag und mir Tränen über das Gesicht liefen. Weder von dem Namenlosen noch von der Krone konnte ich noch etwas sehen.

Langsam erhob ich mich und schritt die Treppe des Dachbodens wieder herab. Mechanisch griff ich nach meinem Mantel , meinem Schal und meiner Mütze und verließ das Haus. Unter meinen Füßen knirschte der Schnee. Im Schein der Straßenlaterne funkelten und blitzten die Kristalle. Über meinem Kopf breitete sich das Firmament aus. Die Sterne glühten und flackerten, wie sie es seit Ewigkeiten tun. Erst jetzt- nach wie langer Zeit- fiel es mir wieder auf. Ein tiefer Frieden senkte sich in mein Herz. Es war ja Weihnachten, und die Freunde meiner Kindheit, die ich zu erfinden geglaubt hatte, waren wieder zu Hause- ganz gleich, wo immer das auch sein mag.

Die Flöte aus dem Mondgarten

Es geschah selten, daß Wang die Hütte am Blütenpaß betrat. Wenn er es aber tat, wurde es meist unangenehm. Man konnte es nicht ignorieren, daß er seinen Blick umherschweifen ließ und seine Verachtung unterdrückte. Hätte er mich sofort angesehen und mit seinem Gerede angefangen, hätte er sich diesen Blick sparen können. Aber nein, er mußte einfach zeigen, daß er ein Mustersoldat aus gutem Hause und um 47 Ecken mit dem Kaiserhaus verwandt war. Wang trank seinen Tee aus hauchdünnen Porzellanschälchen so geziert, als ob er eine Kurtisane ersten Ranges aus Beijing sei. Im Grunde verachtete auch ich ihn. Nur konnte ich mir eine so offene Verachtung nicht mehr leisten, denn mittlerweile verfügte er bei weitem über mehr Einfluß als ich.

Im vergangenen Jahr[1] hatten wir noch gemeinsam gekämpft. Gut, schon da mochte ich Wang überhaupt nicht. Aber damals konnte ich es mir noch leisten, über ihn zu lachen. Doch dann geschah das Unglück, und danach war alles für mich nicht mehr so, wie es einmal gewesen war. Daß es uns gelungen war, den durch und durch korrupten Hof zu stürzen, kümmerte mich nicht mehr, obwohl es mir doch ein ausgesprochenes Herzensanliegen gewesen war, die Ming zu vernichten.

Wie dem auch sei: an jenem Nachmittag, an welchem meine Erzählung beginnt, kam Wang also wieder einmal in meine Hütte. Diesmal klopfte er nicht an, und sein Gesichtsausdruck zeigte mir, daß der Jüngling machtbewuß-

---

1 Gemeint ist das Jahr 1644, als das regierende Kaiserhaus der Ming gestürzt wurde. Diese Erzählung spielt also im Jahre 1645.

ter denn je auftrat. Ein Höflichkeitsbesuch war das nicht. Wang nahm unaufgefordert Platz.

»Hast du dieses Haus gekauft?«, fragte ich ihn.

»Nein, wieso?«

»Dann stehst du jetzt wieder auf und machst die Tür von außen zu. Oder willst du, daß ich die Schergen hole?«

»Ach, Yao…« Sein Ton war sanft und friedlich. »Bis du die Schergen aus dem Dorf geholt hast, habe ich längst deinen armseligen Stall ausgeräumt. Außerdem kommen sie wohl kaum, um dir beizustehen. Wem werden sie wohl mehr glauben, dem Hauptmann Wang oder dem versoffenen Yao?«

»Zum Hauptmann haben sie dich gemacht? Da gratuliere ich ihnen herzlich. Das zeigt doch, daß sie in eurem Dorf keine Feinde erwarten, wenn sie einen geputzten Hahn wie dich dorthin setzen!«

Mein Versuch, ihn böse zu machen, mißlang. Wang lachte und antwortete:

»Ja, mein Freund, vielleicht hast du recht. Laß uns nicht streiten. Ich komme von der Präfektur und trage allerlei Verfügungen bei mir. Ich habe auch einen Brief des Kommandanten für dich.«

Wang reichte mir den Brief. Ich erbrach das Siegel und las ihn, ohne dem Überbringer zu antworten. In kurzen knappen Worten teilte mir das Kommando mit, daß ich wegen meiner Unzuverlässigkeit und Trunksucht unehrenhaft aus der kaiserlichen Armee ausgeschlossen sei. Mein Ruhegeld betrage- ach, laßt mich diesen unwichtigen Punkt übergehen.

Nach einem kurzen Schweigen rollte ich das Schreiben zusammen und legte es behutsam auf den Tisch. »Es ist gut«, versetzte ich. »Du kannst gehen.«

»Bedankst du dich nicht einmal? Daß ich hierherkomme, erspart dir den Weg zur Präfektur.«

»Hör zu, Wang, damit wir uns verstehen. Den Hauptmannsrang gönne ich dir; mir ist an solchen Titeln nichts mehr gelegen. Aber offen gestanden wird mir schlecht, wenn ich dich ungezogenen Lümmel allzulange ertragen muß! Also geh!«

Wang lachte wieder, stand auf und reckte sich. »Wie du wünschst, mein Freund« versetzte er. »Dann solltest du aber einen Boten zur Präfektur schicken oder, falls du unbedingt selbst gehen willst, dich vorher einmal waschen. Du stinkst, Yao!«

Mit diesen Worten entfernte er sich. Ich sank auf meinen Platz zurück und starrte auf die Rolle. Wie hätte ich ihm vor einem Jahr das Maul gestopft! Vor einem Jahr…

Du stinkst, Yao! Das stimmt, Yao wäscht sich wirklich kaum noch. Er wäscht sich nicht, aber er trinkt. Wäre dem Jüngling Wang passiert, was Yao geschah, er hätte noch sein Vergnügen daran gefunden. Aber im Gegensatz zu ihm hat Yao ein Gewissen.

Etliche Monate vor diesem unangenehmen Abend hatte der Krieg, den wir gegen die Ming führten, besonders heftig getobt. Das Schicksal führte uns zu einer kleinen, völlig unbedeutenden Stadt, die wir belagerten. Offenkundig hatten wir aber die Kampfkraft der Einwohner unterschätzt. Wir wußten nicht, daß sie einige Feuerwaffen besaßen, wie man sie des öfteren bei den westlichen Barbaren in Macao[2] sehen kann. So gingen wir davon aus, daß wir uns mit dem Schild gegen den Pfeilhagel wehren könnten, den man uns senden würde. So war es ja auch. Aber es fielen zu meiner großen Überraschung mehrere Schüsse, und Fang, mein bester Freund aus Kindertagen, wurde tödlich getroffen.

---

2 Yao meint die portugiesischen Kaufleute.

Sicher könnt Ihr Euch vorstellen, mit welcher Erbitterung ich dabei war, als wir schließlich die Stadt eroberten und dem Erdboden gleich machten. Kaum einer blieb am Leben, aber das konnte meine Wut nicht besänftigen. Sie brodelte auch noch in mir, als wir am kommenden Tag auf Patrouille gingen. Die Gegend war gebirgig, und bisweilen zogen sich tückische Spalten durch die Landschaft. Am Rande einer solchen Spalte stand ein kleines Mädchen, das auf einer Flöte spielte. Als sie uns gewahrte, hörte sie auf zu spielen und preßte das Instrument an ihre Brust. Ich lenkte mein Pferd auf sie zu und fragte sie nach dem Weg zur nächsten Stadt.

Sie antwortete mir nicht. »Nun?«, fragte ich sie barsch. »Hörst du mich nicht?«

»Ich sag´s dir nicht«, piepste sie schließlich und schüttelte den Kopf.

»Wieso nicht?«

»Du bist böse, du gehörst zu denen, die meine Tante getötet haben.«

»Welche Tante?«

Das Mädchen antwortete nicht, wandte das Gesicht der Spalte zu und begann wieder auf der Flöte zu spielen. Ich erkannte das Lied wieder, mein verstorbener Freund Fang hatte es sehr geliebt. Dies reizte mich noch mehr; ich zog das Mädchen an den Schultern zu mir herum und riß ihr die Flöte aus der Hand.

»Hör zu«, sagte ich, »du beantwortest mir jetzt meine Fragen. Sonst behalte ich dieses elende Ding!«

»Gib sie mir wieder!«, rief sie. »Das ist doch die Flöte meines ersten Bruders!«

»Na und?«

»Er starb vor einigen Jahren. Ich habe seine Flöte. Gib sie mir wieder!«

»Also erst deine Tante, dann dein Bruder! Die sind doch alle Hundedreck gegen meinen Kameraden, den ihr umgebracht-«

Weiter kam ich nicht, denn das Mädchen sprang auf mich zu und wollte mir die Flöte entreißen. Wir rangen, aber ich war stärker. Fast hatte ich sie abgewehrt, da biß sie mir in die Hand. Nun kochte die Wut erst recht in mir hoch; ich versetzte ihr einen heftigen Stoß, um sie loszuwerden. Sie taumelte zurück, strauchelte und fiel mit einem spitzen Schrei in die Spalte.

Es wurde sehr still. Da stand ich, ernüchtert durch den Schrei, mit der Flöte in der Hand und den sehr beredten Blicken meiner Kameraden im Rücken.

Schließlich räusperte sich einer von ihnen. »Was willst du?«, fragte ich. Meine Stimme klang sehr rauh; ich brachte die Töne kaum heraus.

»Hauptmann, bitte verzeiht, aber die Sonne sinkt. Wir werden die Stadt heute nicht mehr finden. Es wäre wohl das beste, zur Truppe zurückzukehren und dem Kommandanten diesen Vorfall zu berichten.«

»Und was versprichst du dir davon? Wir haben gestern an die tausend Menschen getötet!«

»Ja, aber gegen die haben wir gekämpft.«

»Und wo ist hier das Problem? Hast du nicht gesehen, daß mir das Biest in die Hand gebissen hat?«

»Verzeiht, Hauptmann, aber hier ging es doch nur um die Flöte, die vielleicht das einzige ist, was sie an ihren Bruder erinnerte.«

Ich hatte gute Lust ihn zurechtzuweisen, ließ es aber sein und folgte seinem Rat. Dem Kommandanten war der Fall herzlich gleichgültig, und so ließ er es mit einem Tadel bewenden.

Ihr werdet Euch fragen, liebe Freunde, wie ich so handeln konnte. Nun, ich könnte mich damit herausreden, daß der Krieg den Menschen verroht und ihn dazu treibt, in seinem Gegner kein menschliches Wesen mehr zu sehen. Ich könnte Euch sagen, daß die ständige Lebensgefahr in unserem Kampf mich überempfindlich gemacht hatte und ich wie ein wildes Tier wurde, das um sich beißt. Das ist alles richtig. Aber es ist nicht der Hauptgrund. Die Wahrheit ist, daß mich mit meinem Freund Fang viele Kindheitserinnerungen verbunden hatten. Wir kannten uns seit jeher; wir konnten über die friedlichen Zeiten in unserem Dorf plaudern oder über die Frau, die wir beide geliebt hatten. Nun war er gestorben, getötet von einer Kugel, die vielleicht ein Verwandter eben jenes Mädchens abgefeuert haben könnte, das uns den Tod seiner Tante vorwarf.

Laßt mich mit meiner Geschichte fortfahren. Nur wenige Monate nach diesem Ereignis besiegten wir die Ming-Dynastie und machten einer Jahrhunderte währenden korrupten Herrschaft ein Ende. Daran änderten auch die weiterhin aufflammenden Gefechte und Scharmützel nichts. Ohnehin wird sich für den kleinen Bauern auf dem Felde nicht besonders viel verändert haben. Ich glaube, wir unterlagen einer Selbsttäuschung, wenn wir glaubten, nun würde sich in diesem Reich viel ändern. Wir haben wohl nur ein neues Kapitel im großen Roman der Menschheitsgeschichte zu schreiben begonnen, das einst von einem anderen abgelöst werden wird. Aber mit diesem neuen Kapitel veränderte sich für mich einiges.

Ich gehörte nicht zu den besonders ausgezeichneten Soldaten, aber dennoch blieb ich bei der Armee. Ich bezog die Hütte, über die später Wang spottete, und richtete mich auf ein ruhiges Leben ein. Aber der Verlust von Fang, die Greuel der Kämpfe und die beginnende Inhaltslosigkeit meines Lebens machten mir schwer zu schaffen. Meine Wut erkaltete. Bei klarer Überlegung mußte ich mir wohl sagen, daß ich auch Feuerwaffen eingesetzt hätte, wenn sie uns zur Verfügung gestanden hätten. Ebenso wie ich war Fang Soldat gewesen, der wohl wußte, was ihm bei seinem Tun tagtäglich drohte. Was hatte das Kind dafür gekonnt? Für welche Schuld hatte ich es getötet? Was würde Fang dazu gesagt haben?

Immer mehr beschäftigte mich das Mädchen. Sein Schrei klebte in meinen Ohren, sein entsetztes Gesicht beim Sturz tanzte vor meinen Augen. Vom Morgen bis zum Abend kreiste mein Denken unablässig um das Kind, ebenso wie in den zahllosen Nächten, in denen ich wach lag. Dann war es sogar noch schlimmer, denn die Dunkelheit bot mir keine Ablenkung von jenen Bildern des Schrekkens. Zu jenem Zeitpunkt habe ich zu trinken begonnen; ich ließ mich gehen und meine Behausung verwahrlosen. Der Alkohol half mir nicht nur, die trostlose Gegenwart zu ertragen, er verschaffte mir zumindest eine Illusion des Friedens, ohne die ich mich wohl erdolcht hätte.

Vor ungefähr zwei Monaten jährte sich der Tag, an dem ich das Kind getötet hatte. Ich erinnere mich noch genau: es war ein regnerischer stürmischer Tag, und schwere Wolkenbänke zogen über den Himmel. Da vernahm ich auf einmal ein unverkennbares Flötenspiel. Die Melodie des Mädchens! Fangs Melodie!

Sofort fiel mein Blick auf die Wand, wo ich die Flöte befestigt hatte. Dort hing sie immer noch. Nun wurde ich neugierig, wer hier wohl spielte; daher stand ich auf und begab mich nach draußen. Sofort fegte der Wind kaltes

Regenwasser über mich. Ich floh wieder ins Innere des Hauses und begab mich zur Ruhe. Offenbar hatte ich mich getäuscht. So schlief ich wieder ein.

Da hörte ich auf einmal wieder die Musik und irgendwo im Hintergrund Fangs Stimme, die mich rief.

»Wo bist du?« antwortete ich.

»Suche mich im Mondgarten«, lautete die Antwort. So sehr ich auch durch das Dunkel spähen mochte, es wollte mir nicht gelingen, irgend etwas zu entdecken.

»Wo ist der Mondgarten?«, hörte ich mich fragen.

»Gehe, ihn zu suchen, Yao.«

»Aber wohin?«

»Folge dem leuchtenden Weg.«

»Aber ich sehe keinen Weg! Ich sehe gar nichts!«

»Weil deine Augen geschlossen sind, Yao. Du mußt sie waschen, um sie öffnen zu können.«

»Wie mache ich das?«

»Aber mein Freund, du hast doch die Flöte. Sauberkeit findest du zum Beispiel im Reich der zehntausend Harmonien.«

»Die Flöte gehört mir aber nicht.«

»Spiel sie trotzdem. Du wirst mich nicht mehr finden, aber suche mich dennoch im Mondgarten:«

Fangs Stimme verhallte. Ich stellte noch einige weitere Fragen, aber ich erhielt keine Antworten mehr.

Mein Traum ging noch weiter. Ich sah mich aus dem Bett steigen, die Flöte nehmen und das Haus verlassen.

Wie in der Wirklichkeit stürmte es. Ein Wasserschwall nach dem anderen klatschte mir ins Gesicht und triefte über meine Kleidung. Ich achtete nicht darauf, sondern lief flötespielend den Paß hinunter.

Plötzlich gewahrte ich eine Spalte am Wege. Vor dieser Spalte stand ein kleines Mädchen, das plötzlich aus der Leere von einem heftigen Schlag getroffen wurde und zurücktaumelte.

»Halt!«, schrie ich und rannte los. »Zurück, du wirst fallen!«

Tatsächlich gelang es mir, sie zu packen, aber da rutschte ich selbst auf dem Geröll aus und wurde von dem Gewicht des Mädchens in die Tiefe gerissen. Wir fielen und fielen, der Abgrund schien kein Ende zu nehmen. Immer schneller schien unser Fall zu werden. Immer wieder prallte ich an die scharfe Felswand, jedoch ohne mich festhalten zu können. Dann entglitt mir das Mädchen, und an ihrer Stelle hielt ich die Flöte. Schließlich prallte ich mit einem furchtbaren Schlag auf dem spitzen Gestein auf.

Ihr seht mich hier bei Euch, liebe Freunde. Das ist gut, denn sonst würde ich Euch nicht erzählen können, daß ich nicht nur nicht starb, sondern sogar unverletzt blieb. Lediglich einige schmerzhafte Prellungen erinnerten mich daran, daß ich noch lebte. Merkwürdig, daß ich mir die ganze Zeit über der Tatsache bewußt war, daß ich noch immer träumte.

Ächzend stand ich auf und humpelte an der Wand der Spalte entlang, bis diese sich öffnete.

Vor mir gewahrte ich den Mondgarten. Ich war nie dort gewesen, aber ich erkannte ihn sofort. Überall entdeckte ich Beete mit seltsamen Blumen, deren Farben ich zwar jetzt in der Nacht nicht sehen konnte, die aber einen betäubend süßen Duft verströmten. Die Baumstämme ragten mächtig und schwarz auf. Leise raschelten in einer sanften Brise die silbrigen Blätter. In allen Richtungen standen im Hintergrund gewaltige Berge. Und über allem, den Bergen und diesem Park des Friedens, stand inmitten des funkelnden Firmaments der Vollmond. Sein Schein faszinierte mich.

Als ich den Blick wieder senkte, sah ich direkt vor mir das Mädchen. »Bist du gekommen?«, fragte sie leise.

Ich nickte.

»Hat Fang dich geschickt?«

»Ja. Es war ihm wichtig, daß ich hierherkomme.«

Sie schwieg. Da gab ich mir einen Ruck und richtete mich auf.

»Hör mir zu«, sagte ich laut. »Du bist ein Kind und wirst daher wohl nicht unbedingt verstehen, was ich dir jetzt sagen werde. Ich bin ein verkommener Verbrecher, ein ruchloser Mörder, das weiß ich. Was ich dir angetan habe, ist nicht zu entschuldigen oder rückgängig zu machen. Ich kann dir nur sagen, daß es mir aufrichtig leid tut, was ich dir angetan habe. Seit ich dich in den Abgrund stieß, ist das Glück von mir gewichen. Aber anstatt Gutes zu tun und wenigstens einen Teil dessen zu sühnen, was ich begangen habe, habe ich mich nur auf das Selbstmitleid zurückgezogen. Auch wenn er das anders gemeint hat, hat Hauptmann Wang, den du nicht kennst, diese Form von Gestank an mir wahrgenommen. Damit muß es jetzt vorbei sein. Hier hast du deine Flöte zurück. Leb wohl, und wenn du mir vergeben kannst, freut es mich. Alles Gute für dich!«

Mit diesen Worten wollte ich mich abwenden.

»Wo gehst du denn jetzt hin?«, erkundigte sich das Mädchen.

»Zurück ins Bett«, lächelte ich. »Dieser Traum muß ja auch mal ein Ende haben, oder?«

»Das hat er doch. Oben in deiner Hütte liegt niemand mehr. Du befindest dich im Reich der Nacht. Hier schläft man nur am Tage. Aber einen Tag gibt es für dich schon lange nicht mehr. Deswegen heißt dieser Garten der Mondgarten. Deswegen schläfst oder träumst du hier nicht. Noch nicht. Aber bald wirst du einschlafen und befreit erwachen.«

Es war merkwürdig, aber dieses Kind sprach nicht mehr wie ein kleines Kind. Erstaunt musterte ich sie, als sie nun fortfuhr:

»Diese Flöte stammt aus dem Mondgarten. Sie wollte hierher zurückkehren, deswegen bist du jetzt hier. Als du mir begegnet bist, war ich auf dem Weg hierher, um für meinen Bruder die Flöte zurück in den Mondgarten zu bringen. Er starb, bevor er es tun konnte, ich starb, bevor ich es tun konnte. Dir war es vergönnt, sie das letzte Stück des Weges zu tragen. Nun ist ihre Heimreise beendet.«

Ich schüttelte den Kopf. »Das kann nicht sein. Dessen wäre ich ja gar nicht würdig.«

»Warum nicht? Ich habe dir verziehen.«

Als sie dies sprach, platzte die Frage aus mir heraus: »Sag mir, wer bist du? Wieso lebst du noch?«

Sie lächelte und sprach die Worte unseres alten Meisters Lao-tse:

»Unsterblich ist die Fee des Tals. So heißt es von der mystischen Weibheit. Der mystischen Weibheit Pforte: so heißt man die Pforte von Himmel und Erde. Endlos wallend, gleichsam gegenwärtig. Also wirkt sie sonder Beschwerde.«[3]

Eine Wolke zog über den Mond hinweg und trübte das Licht ein wenig. Mein Blick folgte ihr, bis sie verschwunden war. Als ich dann wieder zu meiner Begleiterin hinüberblickte, sah ich, wie sie langsam, die Flöte in der Hand, fortging.

Auch ich wanderte tiefer in den Mondgarten hinein und sann nach über die großen Worte unseres großen Meisters.

---

3   Aus Lao-tse: Tao-te-king, Buch 1, Kapitel 6

Niemand hat sie je befriedigend erklären können. Offenbar war ich der Fee des Tals begegnet, aber warum?

Über diese Frage sann ich nach, als ich auf Euch, liebe Freunde, traf. Ihr kennt nun die Geschichte meiner Irrung und Läuterung. Vielleicht kennt ihr ja auch die Fee des Tals und ihre Geheimnisse.

Bevor ich weitergehe, muß ich Euch etwas fragen.

Sagt mir: Die Pforte von Himmel und Erde, werde ich sie am Ausgang des Gartens finden?

Nächtliches Licht

Eine altertümliche Straßenlaterne verbreitete ihr trübes Licht durch die Nacht und ließ das regennasse Pflaster des Bürgersteigs glänzen. Das Schaufenster neben der Lampe wirkte dagegen wie ein dunkles Loch; man konnte nicht erkennen, was darin ausgestellt worden war.

In den letzten Tagen hatte es viele Regenschauer gegeben.

Sandra mochte den Herbst nicht. Die Stürme, der Regen, der ewig graue Himmel hatten seit jeher auf ihr Gemüt gedrückt. Nun saß sie am Fenster, mit dem Ellbogen auf der Fensterbank und das Gesicht in die Hand gestützt. Ihr Blick schweifte durch die Finsternis.

Schon länger saß Sandra so auf ihrem Platz. Das Zimmerlicht hatte sie nicht eingeschaltet, und mittlerweile war es im Haus still geworden. Wieviele Kinder mochte das Haus so im Durchschnitt beherbergen? Wieviele Mütter mochten hier sein?

Sandra wußte es nicht. Sie bewohnte das Zimmer erst seit heute nachmittag, und die anderen Bewohnerinnen hatte sie nicht gesehen, weil sie am Abendessen nicht teilgenommen hatte.

Zuhause war es anders. Jochen legte Wert darauf, daß sie zusammen aßen. Es machte ja ursprünglich auch Sinn; man begegnete sich erst am Abend. Jochen arbeitete als Erzieher in einem Internat für Schwererziehbare, Sandra war arbeitslos. Die Schulden drückten so stark, daß ein Umzug in die Nachbarstadt, in der Jochen arbeitete, unmöglich war. So pendelte er denn täglich hin und her. Die Dienst- und die Fahrzeiten zusammen ergaben ziemlich genau zwölf Stunden am Tag. Dazu gab es kostenlos eine ständig schlechtgelaunte Chefin und aggressive Schüler, mit denen er zu tun hatte.

Sandras Gedanken schweiften ab. Ihr Blick fiel auf den Tisch, wo in der Dunkelheit gerade noch ihre Brille erkennbar war. Die Sprünge in dem einen Glas fielen jetzt kaum auf.

Als Sandra die Brille kaufte, begleitete Jochen sie. Er legte Wert darauf, daß seine Frau ihm gefiel. Sie diskutierten recht lange; letzten Endes war er es dann, der sich für ein bestimmtes Modell entschied. Das war jetzt ungefähr ein Jahr her. Heute war das Brillenglas gesprungen, als Jochen auf die Brille trat. Dies geschah nicht zufällig: sie war bei einem besonders heftigen Schlag von Sandras Nase gefallen, als Jochen zuschlug. Das war nicht alles: ein blaues Auge und ausgerissene Haare kamen dazu. Sandra hatte so starke Prügel bezogen wie noch nie. Schließlich hatte sie gehen können, als er sich ins Schlafzimmer zurückgezogen hatte. Ihre Nachbarin hatte sie ins Frauenhaus gebracht. Es war wohl auch das beste für das Kind, das sie in sich trug.

Schritte auf der Straße lenkten sie ab. Eine Gestalt, dicht in ihren Mantel gehüllt, hastete durch die aufspritzenden Pfützen vorbei. Dann herrschte wieder Ruhe. Gedankenverloren blickte Sandra auf den trüben Schein der Straßenlaterne. Ob die mal heller gestrahlt hatte? Immer, wenn man eine neue Birne in eine Lampe schraubt, strahlt sie viel heller als die letzte.

Nun ja, neue Besen kehren eben gut. Das gilt für Besen, für Glühbirnen, für Ehen…

Sandra ertappte sich dabei, wie eine Träne über ihre Wange lief. Wütend strich sie sie weg. Wegen diesem Menschen weinen? Soweit kommt es noch!

Die neue Stelle im Internat hatte Jochen sehr stark belastet. Er wurde unausgeglichen, mürrisch und aggressiv. Sandra verstand, daß er es nicht leicht hatte. Mit solchen Jugendlichen wie den seinigen würde sie im Leben nicht gerne arbeiten. Deswegen begegnete sie ihrem Mann besonders weich und liebevoll, so wie er es mochte. Aber es war merkwürdig: ihre Liebe besänftigte ihn nicht mehr. Immer häufiger kam es zum Streit. Sie tat, was sie immer getan hatte: sie versuchte ihn zu beruhigen. Eine andere Strategie kannte Sandra nicht: ihren Eltern zu widersprechen hatte schon in früheren Jahren zu wilden Schimpfkanonaden geführt. Also widersprach sie ihnen nicht mehr.

Aus der gehorsamen Tochter wurde eine gehorsame Ehefrau. Für Jochen hätte dies doch eigentlich ideal sein müssen, aber Sandras Nachgiebigkeit ließ ihn erst recht wütend werden. Sie erschien ihm farblos, langweilig und unterwürfig. Nein, so sagte er sich, das ist nicht die Frau, auf die du dich nach so einem endlosen Scheißdienst freust. Und wenn du mal Lust auf sie hast, dann wehrt sie dich ab, weil sie ja schwanger ist. Oder vielleicht ist auch das nur ein Vorwand! Vielleicht liebt und begehrt sie keinen kleinen mickrigen Erzieher, der Großes werden wollte und sich nun tagtäglich mit diesen Rotznasen herumschlägt! Nicht mal richtig Paroli kann sie dir bieten! Wenn du mit ihr diskutierst, kriegt sie das Aussehen und die Stimme eines schuldbewußten kleinen Mädchens, das beim Äpfelklauen erwischt wurde. Das ist doch gar keine richtige Frau! Wenn ich da an unsere Sekretärin denke, die Heidi. Mann, was für Haare und was für ein Traumkörper! Die flirtet mit so ziemlich jedem, aber nicht mit mir. Kunststück, was bin ich denn schon?

Sandra wußte nicht, was ihr Mann fühlte. Sie spürte seine wachsende Unzufriedenheit mit dem Job und mit ihr. Aber was sollte sie denn tun? Was sie tun konnte, um ihm das Leben zu erleichtern, das tat sie doch. Aber wahrscheinlich, so dachte sie, bin ich einfach nicht gut. Ich habe oft keine Lust auf ihn; ich weiß nicht, kommt das vom Kind oder steh ich nicht mehr auf ihn?

Als er mich das erstemal schlug, da war das Essen verbrannt. An dem Tag ist mir alles schiefgelaufen, und als er nach Hause kam, gab es kein warmes Essen für ihn. Da hat er mir ins Gesicht geschlagen. Was war ich erschrocken! Das war doch keine Absicht gewesen. Ich war ganz verzweifelt. Aber nach ein paar Minuten war er ganz zerknirscht und hat mich um Entschuldigung gebeten. Seine Hand ist einfach mit ihm durchgegangen. Es ist dann noch einige Male passiert, aber richtig schlimm wurde es, als er sah, daß ich dem Norbert mal ein Küßchen gegeben habe. Da hat er getobt, mich als Hure beschimpft und verprügelt. Dabei habe ich doch nie etwas mit dem Norbert oder sonst jemandem gehabt; er ist einfach nur ein lieber Kerl. Das war das erstemal, daß Jochen sich nicht für die Schläge entschuldigte. Und dann ging es weiter, immer mal wieder eine Ohrfeige, dazwischen mal Prügel, viermal bis jetzt, wenn man den heutigen Tag dazurechnet…

Vielleicht, dachte Sandra, bin ich ja auch selbst schuld. Ich bin einfach nicht die perfekte Hausfrau, das fällt mir irgendwie alles unheimlich schwer. Und dann wird mir immer wieder schlecht, wegen des Kindes. Es ist ja aber auch zu Hause nicht einfach, wenn du dir keine Hilfe leisten kannst. Und obwohl heute Sonntag ist, mußte ich kochen. Dabei hätte ich Mama im Altenheim besuchen müssen, und Rita wollte mich auch sehen wegen der Geburtstagsfeier morgen. Das wurde mir alles zuviel. Und dann kam der Jochen und wollte Essen gekocht haben. Ich hab mich geweigert, hab auf einmal zurückgeschrien, und dann hat er gesagt: »Wenn das Kind genauso blöd wird wie du, solltest du es besser wegmachen lassen!« Da sagte ich ihm meine Meinung. Und wegen dem, was er dann mit mir gemacht hat, sitze ich jetzt hier.

Sandra wurde sich bewußt, daß sie nun doch schluchzte. Sie hatte sich den ganzen Tag bezwingen können, doch jetzt ging es nicht mehr. Nichts ging mehr!
»Was um Gottes willen soll aus mir werden? Und aus meinem Kind?« preßte sie laut hervor.

Plötzlich ging die Straßenlaterne aus. Auf einmal fiel Sandra auf, daß sie dennoch etwas sehen konnte. Der Mond stand am Himmel und warf sein mildes Licht auf die Straße. Die Sterne funkelten am Firmament. Der Baum neben dem Fenster wirkte wie eine groteske Figur mit seinen schwarzen Blättern und Zweigen. Das trübe Licht war einer strahlenden Helle gewichen, die der Mond widerspiegelte.

Mein Kind, dachte Sandra. Ich habe »mein Kind« gesagt, nicht »unser Kind«. Vielleicht bin ich ja wirklich ein Nichts, wie Papa und Jochen immer gesagt haben. Vielleicht auch nicht, wer kann das sagen? Aber seid ihr denn etwas besseres, ihr, die ihr mich verbogen habt bis zur Selbstaufgabe? Die ihr mir das Rückgrat gebrochen habt, damit ihr immer recht haben könnt? Nein, ich gehe nicht zurück! Und wenn ihr mir meine Liebe mit Schlägen vergeltet, bekommt sie eben jemand anderes!

Sandra wischte sich die letzten Tränen weg und blickte zum Mond hinauf. »Das verspreche ich dir«, sagte sie laut. Langsam und vorsichtig zog sie ihren Pullover und ihr Unterhemd hoch und betrachtete ihren sanft gerundeten Bauch. Zärtlich strich sie darüber und stellte sich vor, daß die Wärme ihrer Hand das Kind erreichen möge.

»Mein Schatz«, flüsterte sie leise und liebevoll. »Mein kleiner Schatz…«

Societas Dominorum

Kapitel 1
Worinnen unser Titelheld geboren wird,
weil er sonst nicht auftreten könnte

*D*as erste, woran ich mich erinnere, ist ein Treppenhaus. Durch die getönten Scheiben fällt düsteres graues Licht, im Keller kann ich die Pumpe der Heizung hören. Ich trage einen feinen Anzug, denn man hat mich zu einem Fest eingeladen, das von außergewöhnlicher Bedeutung ist. Bis jetzt bin ich noch nie in diesem Haus gewesen. Deswegen stehe ich hier in einiger Verwirrung, denn ich kenne dieses Treppenhaus nicht.

Schließlich finde ich einen Aufzug. Als die Tür sich öffnet, steht darin ein Mann, der mich finster mustert. Er drückt mir ein prallgefülltes Portemonnaie in die Hand und sagt: »Hier hast du Geld für deine Reise. Mögest du darin ersticken!«

Er hindert mich, den Aufzug zu betreten, bis die Tür sich wieder geschlossen hat. Ich stehe da mit dem Portemonnaie in der Hand und verstehe die Feindseligkeit des Mannes nicht. Wer ist er; warum gibt er mir Geld?

Die Tür des Aufzugs öffnet sich. Ich betrete ihn und freue mich, daß er leer ist. Nun drücke ich den Knopf zum Erdgeschoß, denn es scheint mir logisch, erst einmal die Türschilder zu lesen, um zu erfahren, wer hier wohnt. Möglicherweise gibt es auch Hinweise auf den Gastgeber, denn ich kenne ihn nicht.

Tatsächlich fährt der Lift einen Stock tiefer, doch dann stottert er und bleibt stehen. Nach mehreren Sekunden öffnet sich auf der anderen Seite des Liftes eine Tür, und ich trete auf den Gang.

Das erste, was mir hier auffällt, ist der Geruch von Desinfektionsmitteln. Dann gewahre ich die Station eines Kranken-

hauses. Die Wände des Ganges bestehen fast nur aus Türen und großen Glasscheiben, so daß ich die in den abgeteilten Zellen liegenden Kranken sehen kann. Schläuche führen in ihre Körper, wodurch farbige Flüssigkeiten in den Körper oder aus ihm heraus fließen. Die Patienten bewegen sich nicht. Das einzige, was ich hören kann, sind die Apparate, die leise piepsen. Krankenschwestern streifen hin und her; sie beachten mich nicht. Ich merke wohl, daß sich an dieser Situation nichts ändern wird, wenn ich mich nicht melde. So rufe ich denn laut in die Stille hinein: »Kann mir jemand sagen, wie ich zum Fest komme?«

Niemand reagiert auf mich mit Ausnahme einer zierlichen Krankenschwester, die vor mir stehen bleibt und mich mit stechendem Blick mustert.

»Du bist hier in einem Krankenhaus, du Narr«, erklärt sie eisig, »hier wird nicht gefeiert, sondern gestorben. Es sind gute Menschen, die hier sterben, Menschen, die es verdient hätten, lang zu leben. Und nun stehst du hier, kerngesund, du, der du den Tod verdient hast! Was dir fehlt, ist nur ein bißchen Muskelkraft. Trink!«

Mit diesen Worten reicht sie mir einen Becher, aus dem ein angenehmer, süßer Duft kommt. Automatisch trinke ich ihn aus. »So,« sagt die Schwester, »und nun verschwinde und komm nie mehr wieder!«

Ich drehe mich um, steige wieder in den Lift und drücke den Knopf zum Erdgeschoß. Wieder fährt der Lift eine Etage tiefer, stottert und bleibt stehen. Als ich ihn verlasse, stehe ich in einer gewaltigen gotischen Kathedrale. Blutrotes Licht fällt durch die gefärbten Scheiben und beleuchtet einen Haufen muffig riechender Mönchskutten, die durcheinander auf dem Boden liegen. Es wirkt, als ob die Besitzer gleich zurückkämen. Ob ich sie dann nach dem Fest fragen kann?

»Nein, das kannst du nicht«, höre ich eine knarrende Stimme sagen. »Dafür hast du ja selbst gesorgt!«

Ich blicke zur Seite, woher die Stimme kam, und bemerke einen Grabstein, der in die Wand eingelassen ist. Die Schrift scheint mir hebräisch zu sein; leider kann ich sie nicht lesen. Dafür aber vernehme ich die knarrende Stimme, die hinter dem Grabstein hervorkommt und folgendes spricht: »Wir haben keine Ruhe gefunden, weil du uns ermordet und nicht begraben hast. Leider können wir dich nicht bestrafen. Wir wissen ja nicht einmal, wie wir eine Strafe so hart gestalten könnten, daß sie dir entspräche. Aber man sagte uns, daß du zu uns gehörst. Also bist du auch ein ruheloses Monster. Gehe hin, du Verfluchter!«

Ich drehe mich um und renne zurück in den Aufzug. Zum dritten Mal drücke ich den Knopf ins Erdgeschoß, und diesmal funktioniert der Lift. Ich will nur noch fliehen, denn mir scheint, daß hier etwas Unverständliches geschieht, das mich für alle Zeiten brandmarken wird. Doch als ich, nun endlich im Erdgeschoß angelangt, den Lift verlasse, stehe ich in einem prächtigen bunten Festsaal. Bunte Glühbirnen flackern und blinken, Männer und Frauen stehen überall verteilt im Raum voreinander und zucken im Rhythmus der Musik. Köstliche Speisen und Getränke verbreiten ihren Duft von einem Buffet, das an der Wand steht.

Der Gastgeber bemerkt mich, kommt zu mir und reicht mir freundlich die Hand.

»Na«, fragt er leutselig, »hast du uns gefunden? Das ist schön. Du hast noch nicht allzuviel versäumt. Mach es dir gemütlich.«

»Warum hast du Musik angestellt?«, wimmere ich. »Du weißt doch, daß ich keine ertragen kann.«

»Mein Freund, was wäre ein Fest ohne Musik? Hättest du für deine Pläne keine Musik mißbraucht, wäre dir das auch nicht passiert. Nun mußt du sie halt hinnehmen. Also rüste dich. Deine Feier beginnt.«

»Laß es enden!«, schreie ich. »Laß es enden!«

Aber er entfernt sich schon und lacht mir über die Schulter zurück zu: »Deine Feier beginnt. Wach auf, Artano! Wach auf, Artano!«

Wach auf, Artano… Weiß ich jetzt meinen Namen? Und wenn ich ihn kenne, weiß ich dann, wer ich bin? Spielt es noch eine Rolle, da sich alles um mich zu drehen beginnt und ich zu Boden stürze? Begann eine neue Zeit meines Lebens, wurde ich geboren, da sich der Wirbel immer mehr zu einem Gesicht verdichtete und eine Stimme mir sagte: »Wach auf, Artano!«?

Ich öffnete meine Augen und fand mich in einem Bett, wo ich auf dem Rücken lag. Ein Mann flößte mir heißen Tee ein und sprach: »Wacht auf, Artano. Ihr habt es überstanden.«

»Was…« Meine Stimme versagte, und erst im nächsten Anlauf konnte ich sprechen. »Was habe ich überstanden? Wo bin ich?«

»Ihr seid im Hospital von Shanan, mein Freund, und Ihr habt Eure Krankheit überstanden.«

»Was fehlt mir denn?«

»Bevor ich Euch das sage, beantwortet mir eine Frage: Was ist das Letzte, an das Ihr Euch erinnern könnt?«

»Ich hatte einen furchtbaren Traum von Flüchen und Mönchskutten-«

»Das meine ich nicht«, unterbrach mich der Heiler. »An was erinnert Ihr Euch von der wirklichen Welt?«

Ich überlegte. Mir wollte nichts einfallen. Nach kurzer Zeit begann er zu lächeln und versetzte: »Seht Ihr, mein Freund, wie gut unsere Behandlung war? Vor einem Jahr brachten Euch zwei Frauen in unser Spital, und Ihr wart völlig von Sinnen. Wir haben die unterschiedlichsten Heilmethoden gebraucht, aber alles versagte. Schließlich haben wir Euch einen Trunk gegeben, den wir das Wasser des Lethe nennen. Er reinigte Euren Kopf von den Erinnerungen, die Euren Wahnsinn auslösten, aber er bewirkt auch lange Bewußtlosigkeit und schwere Alpträume. Wer nicht einen gesunden Körper besitzt, kann daran sterben. Aber beruhigt Euch: wenn man dann einmal erwacht ist, kommen die Träume nicht wieder. Von jetzt an werdet Ihr ruhig und traumlos schlafen, das verspreche ich Euch. Und in wenigen Tagen können wir Euch entlassen.«

»Ich werde niemals schlafen können«, brachte ich mühsam hervor. »Man hat mir im Traum gesagt, ich sei ein ruheloses Monster.«

Der Heiler wurde sehr ernst. »Ja, das wart Ihr. Ich weiß es. Deswegen werde ich Euch über Eure Vergangenheit nicht aufklären. Sie soll ein ewiges Rätsel bleiben. Macht Euch dieses klar, Artano: Am heutigen Tag seid Ihr geboren worden. Alles Bisherige ist ausgelöscht. Nutzt Euer Leben zu Gutem und sagt Euch, daß niemand ein Monster bleiben muß, wenn er sich nur die rechte Mühe gibt. Wir wollen das Gespräch jetzt beenden, denn es ist Zeit für das Abendbrot.«

Kapitel 2
Erklärt, warum Freunde wichtig sind

Von nun an fühlte ich mich wohl. Ich litt nicht mehr unter Alpträumen und freute mich meines Lebens. Zumindest galt dies für mein neues Leben, denn an mein altes konnte ich mich nicht erinnern. Offenbar war das auch ganz gut so, denn die Gewißheit, ein Mörder zu sein, gehört zu denjenigen Gewißheiten, auf die jeder wohl leichten Herzens verzichten kann.

Dennoch wurde es mir oft unbehaglich zumute, wenn ich mir überlegte, worin wohl meine Vergangenheit bestehen mochte, und welche Verbrechen ich begangen hatte.[4]

Nun, zunächst einmal gestand ich mir ein, daß ich mein neues Leben gestalten mußte, ganz gleich, wie das alte zuvor verlaufen war. Glücklicherweise stellte ich bald fest, daß mein Geldbeutel sich nie leerte, was offenbar nur selten vorkam: andere Leute mußten Geld verdienen. Ein weiterer großer Vorteil fiel mir bald ebenfalls auf: ich besaß ungewöhnlich große Körperkräfte, was mich bei meiner an sich eher schmächtigen Körperstatur verwunderte. Dieses Wasser des Lethe schien magische Kräfte zu haben. Dafür hatte sich der Alptraum wohl gelohnt.

Einige Tage später wurde ich aus dem Hospital entlassen. Noch einmal nahm der Heiler bei mir Platz.

»Ich denke, mein Freund, wir brauchen für Euch nichts mehr zu tun«, begann er. »Wißt Ihr, wo Ihr jetzt hingehen wollt?«

»Dorthin, wo ich wohne«, entgegnete ich gelassen.

»Das könnt Ihr nicht«, sagte er ernst. »Aus Euren Erzählungen geht hervor, daß in Eurer Heimat niemand mehr lebt. Ich sagte ja, daß Ihr ein völlig neues Leben beginnen müßt. Aber das solltet Ihr nicht hier tun. Eure Pflegerinnen wissen aus Euren Phantasien sehr viel, und eine hat weitergetragen, was Ihr in Eurem Wahn erwähntet. Das war schlecht. Wir bilden uns ein, eine außerordentlich moralische Gesellschaft zu sein, und weil Ihr un-

---

4   Über Artanos frühere Lebensgeschichte wird ausführlich berichtet in der Erzählung »Die Toten-symphonie«, die im Buch »Das einsame Land und andere Erzählungen von Licht und Schatten« nachgelesen werden kann.

moralisch gelebt habt, wird es Euch hier schwergemacht werden.«

»Was empfehlt Ihr mir also?«

»Geht in ein Nachbarland. Im Norden liegt die Festung von Haytan al Shedihn[5], im Osten findet Ihr Yu Xaturum und im Süden Koraman Kasar. Im Westen ist unbewohntes Niemandsland. Als Tagelöhner bei einem Bauern oder Söldner bei irgendeinem Fürsten könnt Ihr gewiß Euer Glück machen. Lebt wohl, mein Freund!«

Kurz darauf stand ich auf der Straße.

Welchen Weg soll man wählen, wenn einem alle möglichen zur Verfügung stehen, aber keiner irgendeinen sichtbaren Vorteil vor den anderen bietet, einfach, weil man keinen von ihnen kennt? Mir scheint das unmöglich zu sein. Aber vielleicht gibt es ja jemanden, der dir erzählen kann, was du wissen mußt? Der in den Nachbarländern gewesen ist und ihre Eigenarten kennt?

Ich beschloß, mich kundig zu machen und am nächsten Morgen auf gut Glück aufzubrechen. Zuvor mußte ich natürlich überhaupt erst einmal jemanden kennenlernen, der bereit war, mir irgend etwas zu erzählen. Und so begab ich mich in eine Schenke, die auch Zimmer anbot, in denen man übernachten konnte.

Der Schankraum wirkte sehr einladend und gemütlich. Überall mit dunklem Holz ausgekleidet und mit zahllosen Kerzen auf den Tischen ausgeleuchtet, verbreitete er ein anheimelndes Gefühl. An den meisten Tischen saßen Bauern und Handwerker, die ihre gewaltigen Bierhumpen mit großer Leichtigkeit hoben und

---

5   Über eine Episode aus Haytan al Shedihn wird im Buch »Die Katze des Teemeisters und andere Erzählungen von Narren und Dämonen« berichtet.

leerten. Frauen bemerkte ich nicht. Ein lautes und lebhaftes Erzählen war im Gange. Hier würde ich bestimmt jemanden finden, der bereit war, mir zu erzählen, was ich wissen wollte.

Zunächst aber drängte ich mich zwischen den Tischen hindurch bis zum Tresen, hinter dem der Wirt stand und die Bierhumpen füllte.

»Guter Mann«, sprach ich ihn an. »Hättet Ihr wohl ein Zimmer für die Nacht und ein Bier für mich?«

Der Mann musterte mich kurz und antwortete dann mit einer Stimme, die so laut war, wie ich selten eine hörte: »Nein! Und ich bin nicht dein guter Mann!«

Jäh wurde es still im Raum. Die Gesichter der Gäste drehten sich zu uns.

Bevor ich antworten konnte, fuhr er fort: »Mein Bier und mein Haus sind zu gut für einen Mörder. Also mach dich fort!«

Zunächst war ich sprachlos. Schließlich aber brachte ich doch hervor: »Ich bin kein Mörder.«

»Du bist einer; dein Geständnis hat eine gehört, die nicht lügt. Raus mit dir, oder soll ich nachhelfen?«

Hätte ich mich hier umgedreht und wäre still gegangen, so hätte die ganze Geschichte eine völlig andere Wendung genommen. Die Chancen hierfür standen gut, denn ich wäre ja still gegangen, hätte man mich den Satz aussprechen lassen, den ich jetzt begann:

»Ich gehe, aber vorher möchte ich dir sagen-«

Da ging der Wirt wortlos um den Tresen herum, kam zu mir, packte mich am Kragen und versuchte, mich zur Tür zu schleifen. Nun ergriff mich aber doch die Wut, ich schlug nach hinten, erreichte es, daß er mich losließ, und versetzte ihm einen Kinnhaken, daß er der Länge nach hinstürzte. Wo kam denn diese Kraft her, die es mir ermöglichte, einen Menschen niederzuschlagen, der fast zwei Köpfe größer war als ich?

Ich hatte keine Zeit, meine Faust zu bestaunen, denn mehrere Gäste sprangen auf und näherten sich mir langsam, dabei die Ärmel ihrer Hemden zurückkrempelnd. Einige hielten ihre leeren Bierkrüge in der Hand, um mir diese auf dem Kopf zu zerschlagen.

»Schlagt ihn nieder!«, gurgelte der Wirt und versuchte sich aufzurappeln. »Macht es fertig, dieses Schwein! Das will harmlose Leute umbringen!«

»Aber, aber, meine Herren, sowas tut man doch nicht.« Eine sanfte Stimme aus der Ecke des Raumes sprach diese Worte. »Der Fremde hat doch nur um ein Bier und um ein Zimmer gebeten. Und außerdem: wenn ihr ihn verprügelt, wird es hier zu laut und zu unangenehm. Dann könnte ich mein Essen nicht mehr so genießen, wie ich es tue. Daher bitte ich euch um Ruhe und Frieden.«

Wir alle glotzten in die Ecke, wo der Sprecher saß, denn nichts hatten wir weniger erwartet als eine solch höfliche Ansprache mit einem deutlich spöttischen Unterton in der Stimme.

Am dortigen Tisch saß ein einzelner Mann vor seinem Essen. Er war fast genauso schmächtig wie ich und trug einfache Reisekleidung. Ob er wohl einer jener reisenden Händler war, die durch die Orte kamen, um ihre Waren auf den Wochenmärkten feilzubieten?

Jedenfalls schob er sich genüßlich den nächsten Bissen in den Mund, bevor einer der Männer die Sprache wiederfand. Er hatte schon ziemlich viel getrunken und einiges von seiner Hemmung verloren. Nun antwortete er: »Na, schau mal an, da sitzt ein Freund von diesem Schwein! Wenn das so weitergeht, dann haben wir gleich eine Schlachtplatte, die für alle reicht.«

»Das glaube ich nicht«, versetzte der Fremde. »Laßt uns doch nicht streiten. Du, komm doch bitte mal her und setz dich zu mir.«

Diese Worte waren an mich gerichtet, und ehe ich mich besinnen konnte, hatte ich ihnen schon Folge geleistet.

»So«, sprach der Gast sanft, »und du, Wirt, bringst jetzt bitte sein Bier und auch etwas zu essen, wenn er´s will. Ich lade ihn ein.«

»Das kommt ja gar nicht in Frage!«, schrie der Wirt und wischte sich das Blut aus dem Mundwinkel. »Wenn du dein blödes Maul nicht hältst, kannst du gleich mit ihm gehen! Hast du mich verstanden?«

»Oh ja, gewiß. Es war ja laut und deutlich genug.« In aller Ruhe trank der Fremde einen Schluck Bier. »Aber trotzdem: es bleibt dabei. Du bringst ihm bitte sein Bier, und ihr alle setzt euch wieder hin.«

»Was bildest du hergelaufener Lümmel dir eigentlich ein? Leute, helft mir, schmeißt die beiden raus!«

Mein Freund hob abwehrend beide Hände und erwiderte ebenso sanft wie spöttisch: »Sprich leiser, ich kann gut hören. Ihr tut jetzt alle, worum ich euch gebeten habe. In nomine societatis.«

Bei den letzten Worten bildete er mit Daumen und Zeigefinger seiner linken Hand einen Ring und hielt die Hand wie beiläufig hoch.

Ich erinnere mich noch gut, daß seine Worte, obgleich ohne jede Aggression gesprochen, wie ein Blitz in die Gesellschaft fuhren. Die Männer sprangen zurück und fielen mehr auf ihre Stühle, als daß sie sich setzten. Alle starrten den Fremden ängstlich an, der es gar nicht zu bemerken schien. Schließlich setzte zuerst zögerlich ihre Unterhaltung wieder ein. Auch der Wirt war ängstlich geworden; er brachte mir mein Bier und zog sich dann hinter den Tresen zurück, uns Blicke voller Angst und Wut zuwerfend.

»Danke«, sagte ich zu meinem Gegenüber, »danke, das war Hilfe im letzten Moment.«

»Ach wo!« Mein Freund winkte ruhig ab. »Du hättest dich auch gut selbst verteidigen können. Wo du hinschlägst, wächst offenbar kein Gras mehr. Was ich- ehrlich gesagt- ziemlich erstaunlich finde bei einer solch halben Portion wie dir.«

»Ja, ich weiß auch nicht. Ich glaube, das war nicht immer so.«

»Sei´s drum. Du bist also der, den sie den Mörder nennen. Ich habe von dir gehört, als du noch im Spital warst. Aber du sagst, du wärst keiner?«

»Nicht für das Volk hier«, entgegnete ich. »Aber um ehrlich zu sein: ich weiß es nicht. Man hat jede Erinnerung an mein Vorleben gelöscht, weil diese Erinnerung mich wahnsinnig gemacht hatte. Jetzt bin ich wieder gesund, aber ich kann dir nicht sagen, ob ich jemanden getötet habe.«

»Weißt du denn deinen Namen noch?«

»Artano.«

»Angenehm, dich kennenzulernen, mein Freund. Ich heiße Esko, und vor mir brauchst du dich nicht zu schämen. Ich liebe alles, was unmoralisch ist. Wenn du ein Mörder bist, hast du also gutes Wetter bei mir. Im Gegensatz zu diesen Leuten. Die sind so gut, daß sie niemanden ertragen, der nicht so perfekt ist wie sie.«

»Das ist doch nur hochnäsiges Pack!«

»Habe ich das nicht gesagt?« Esko lachte und nahm noch einen Schluck. »Verkehrte Welt, mein Freund, was? Der gute Mensch gesellt sich zum hochnäsigen Pack und der Mörder zum friedlichen Helfer beim Abendessen. Aber vielleicht ist diese Welt ja gar nicht so verkehrt, sondern wir sind es, hm?«

»Magst du wirklich Bösewichter?«

»Wie ich es gesagt habe.«

»Hast du einen Hintergedanken gehabt, als du mir geholfen hast?«

»Gewiß. Vielleicht magst du ja jetzt mir helfen?«

»In welcher Weise?«

»Du hast bewiesen, daß du zuschlagen kannst. Ich reise nach Yu Xaturum, an den Hof des Herzogs. Dabei stehe ich unter dem Schutz der Societas Dominorum, deren Mitglied ich bin. Unsere Autorität wird selbst von diesem Volk hier geachtet, wie du siehst. Aber auf dem Weg nach Koraman Kasar gibt es etliche Räuberhorden, die nicht einmal wissen, was die Societas überhaupt ist, und ob man das essen kann. Wenn du magst, kannst du mich als mein Wächter begleiten.«

»Nun ja«, erwiderte ich lächelnd. »Dazu hätte ich schon Lust, aber ich weiß genausowenig wie die Räuber, wer oder was die Societas ist.«

»Das ist mir bewußt. Warum habe ich dich wohl ausgewählt, du Einfaltspinsel? Hör mir zu, Artano, und merke es dir gut: ich werde dir nichts über die Societas Dominorum erzählen, zu deinem eigenen Schutz. Je weniger du mit ihr zu tun hast, umso besser. Wer sich einmal mit ihr eingelassen hat, fährt nicht gut. Wenn du klug bist, dann stehst du jetzt auf und gehst fort. Aber wenn du erfahren willst, was du bist und kannst, wenn du an deiner Zukunft mehr interessiert bist als an deiner Vergangenheit, dann komm lieber mit. Hier bleibt dir nichts mehr.«

Esko blickte mir ernst ins Gesicht. Seine Stimme hatte jeden spöttischen Unterton verloren. Ich wußte nicht, was ich antworten sollte.

Nach einer kurzen Pause fuhr er fort: »Denk darüber nach. Laß dir vom Wirt ein Zimmer geben, er wird dir nichts mehr verweigern. Und wenn du magst, findest du mich morgen früh bei Sonnenaufgang vor der Schenke. Schlaf gut.«

Ein schmaler Gang. Ein stetiger Luftzug weht hindurch, kalt und unangenehm. Neonröhren geben Licht, aber es erhellt den Gang trotzdem nicht. Ich friere. Am Ende des Ganges gelange ich in einen großen Saal. Altertümliche Kronleuchter hängen von der Decke, die Wände sind geschmückt mit Masken.

Karnevalsmasken sind das nicht. Sie sehen weder fröhlich noch lebendig aus. Sind sie aus Plastik?

Die Stille überrascht mich. Tag und Nacht hört man in dieser Stadt den Lärm von Autos, aber hier kann ich nichts hören. Wo bin ich eigentlich?

Artano, du wirst bald wissen, wo du dich befindest. Sei will-
kommen in unserem Kreise. Erst allmählich wirst du begreifen,
daß du zu Hause angekommen bist.

Kapitel 3
In welchem dem Mangel an Frauen in
dieser Geschichte abgeholfen wird

Selbstverständlich begleitete ich Esko auf seiner Reise. Ich
hatte ja sonst keine Pläne oder Ziele, und es war unmöglich, in einem Ort zu bleiben, wo es nicht nur nichts für
mich zu tun oder zu lernen gab, sondern wo ich nur ange-
feindet wurde. Sicher besaß der Wirt Freunde, und nach
diesem Vorfall konnte ich mich nicht mehr sicher fühlen.

Aber natürlich war es auch einfach Neugier und Aben-
teuerlust, die mich veranlaßte, meinen neuen Freund zu
begleiten. Da man wußte, zu welcher Gesellschaft er gehörte, ließ man mich auch ohne Widerstreben ein Pferd
kaufen. So verließen wir noch vor Mittag dieses ungast-
liche Dorf.

Die Sonne schien strahlend über die Felder, auf denen
sich schon das erste Grün zeigte. Die Vögel zwitscherten.
Es war Frühling geworden, nicht nur in der Natur, sondern
auch in mir. Was immer ich getan und durchlitten haben mochte, es war vorbei. Wir plauderten über harmlose
Dinge, bis wir einen Wald erreichten. Der Weg war leicht
für unsere Pferde zu begehen, die Sonnenstrahlen blitzten
durch die knospenden Zweige, und ich blinzelte nach oben.

»Man sollte meinen, daß du noch nie die Sonne gesehen
hast«, lachte Esko.

»So fühle ich mich auch«, versetzte ich heiter. »Es ist
wundervoll hier.«

»Naja, hoffen wir, daß es so bleibt. In solchen Wäldern bin ich schon dreimal überfallen worden. Aber diesmal bin ich ja in Sicherheit. Dank dir, mein Freund.«

»Bist du denn viel unterwegs?« fragte ich.

»Das ist mein Beruf. Ich bin ein Bote der Societas Dominorum und übermittle den Fürsten dieser Welt den Willen des Kaisers. Heute zum Beispiel reise ich nach Yu Xaturum, weil der Herzog es versäumt hat, eine rechtzeitige Truppenaushebung für Herzog Sharolan vorzunehmen. Der hat sich beim Kaiser beschwert, und jetzt werde ich die Sache klären.«

»Wer ist Herzog Sharolan?«

»Ein fettes Schwein, versoffen und verfressen«, antwortete Esko gleichmütig. »Früher hat er auch viel mit Jungfrauen rumgehurt, aber dazu ist er wohl nicht mehr fähig. Deswegen vergnügt er sich jetzt mit anderen Dingen wie dem Kriegführen, dieser impotente Maulesel!«

»Und wieso trittst du jetzt als sein Bote auf? Ist er Mitglied der Societas?«

»Nein. Wer Mitglied wird, bestimmt ausschließlich der Kaiser. Soviel ich weiß, ist kaum einer von uns adelig. Würde der Kaiser diesen Mann nicht unterstützen, täten wir es auch nicht.«

»Also seid ihr direkt dem Kaiser unterstellt und steht nur ihm Rede und Antwort?«

»Richtig, mein Freund. Freiwillig würde ich für den ekelhaften Sharolan nicht einen Finger rühren. Ich denke, man muß schon tief gesunken sein, wenn man ihm dienen will.«

»Das scheint aber auch für die Societas zu gelten? Du hast doch gestern gesagt, man fahre nicht gut, wenn man ihr beitritt.«

Esko warf mir einen mißtrauischen Blick von der Seite zu. »Du willst wohl um jeden Preis wissen, was es mit uns auf sich hat?«

Ich blieb ruhig. »Nein, ich möchte gerne nur das wissen, was ich gefragt habe.«

Mein Begleiter schwieg einen kurzen Augenblick und kaute an seiner Unterlippe. Schließlich sagte er: »Paß auf, Artano: ich merke wohl, daß ich dir ein paar Dinge sagen muß. Mehr erfährst du aber nicht von mir. Also du hast recht. Mitglied der Societas Dominorum sein heißt viele Privilegien und Macht zu haben, aber auch verabscheut und verachtet zu werden. Der Weg, auf dem man Mitglied wird, ist bei jedem anders. Ich war Bauer und Spieler obendrein. Keine gute Kombination! Zu allem Überfluß schwängerte ich auch noch eine völlig mittellose Magd. Man zwang mich, sie zu heiraten, und bald darauf kam unser Sohn zur Welt. Meine Spielschulden zwangen mich, ja zu sagen, als eines Tages der Hayrata an mich herantrat.«

»Wer?«

»Ach so, die kennst du ja noch nicht. Hayratas sind kaiserliche Boten, die an uns herantreten, wenn man etwas von uns wünscht. Von uns aus können wir den Hof nicht ansprechen.«

»Ich verstehe.«

»Also, der Knabe bot mir an, der Societas beizutreten, was ich auch tat. Fortan brauchte ich nicht nur nicht mehr auf dem Felde zu arbeiten, sondern ich hatte mehr als genug Geld für meine Familie und das Spiel. Es hätte so schön sein können.«

»Wieso? Was ist geschehen?«

»Nach einigen Monaten starben beide, nachdem sie immer mehr Blut gehustet hatten. Aber der Hayrata machte mir klar, daß derjenige, der einmal Mitglied der Societas geworden ist, sie nie mehr verlassen darf.«

Esko schwieg für einen Moment; seine Miene war finster geworden. »Du lernst als Mitglied schnell, daß Moral und Barmherzigkeit dich nur auf deinem Weg zum Erfolg behindern. Bestrafen kann dich ja keiner für dein Tun, also machst du's eben so, wie du's verstehst. Aber einen Trost gibt es: wenn man sich das Gesindel von gestern im Wirtshaus ansieht, überheblich und selbstverliebt, wie es ist, dann kommt man sich selber auch nicht mehr allzu schlecht vor.«

»Na, ob das ein Trost ist?«

»Egal. Wir wollen jetzt das Thema wechseln, und wenn's dir recht ist, auch nie mehr drüber reden, Artano.«

Die Reise dauerte vier Tage. Auf dem Weg begegnete uns kein einziger Räuber, und so konnten wir viel miteinander plaudern. Esko konnte viel Charme versprühen, wenn er wollte, und eigentlich war er ein leutseliger Mensch. Heute glaube ich, daß es ihm nicht nur um den Schutz bei der Reise gegangen war; er wollte einfach nur einen Begleiter haben, mit dem er sich auf Augenhöhe unterhalten konnte. Ein Mörder würde gewiß nicht auf ihn herabsehen. Allerdings nannte er mich auch nicht so, während ich weitere Gespräche über die Societas Dominorum, den Kaiser und Herzog Sharolan vermied.

Das Wetter blieb schön und warm. Wir gelangten wieder in eine freie Landschaft, in der sich hier und dort vereinzelte Bauernhäuser oder Scheunen aus Holz oder Vulkangestein fanden, die alle sehr alt wirkten. Wie ich erfuhr, hatten wir die Grenze nach Yu Xaturum gerade überschritten.

Am Morgen des fünften Tages ging das Feld über in einen baumreichen Park mit vielen Blumenbeeten. Bald erblickten wir auch das Schloß des hier regierenden Herzogs, dessen Name Asliba war und der schon seit einiger Zeit regierte.

»Wenn du nichts dagegen hast«, sagte Esko, »lassen wir das Frühstück aus und essen heute mittag um so üppiger. Ich möchte meinen Auftrag hinter mir haben.«

Ich nickte.

Wir trabten also bis zum Tor und wurden dank der vorgelegten Papiere, die mein Begleiter mit sich führte, auch bald vorgelassen. Man führte uns in einen kleinen Saal, der prächtig ausgeschmückt war. Das Sonnenlicht überflutete die Wände und ließ den reichen vergoldeten Stuck leuchten. Noch während ich ihn bewunderte, trat eine Frau ein und nahm auf einem kleinen Thron Platz.

»Willkommen, meine Herren«, begrüßte sie uns mit einer hellen, wohlklingenden Stimme.

Die Frau trug ein Kleid, das schlicht und doch vornehm wirkte; ihr einziger Schmuck bestand aus einer Halskette. Diese paßte zum langen kastanienbraunen Haar und den dunklen Augen, mit denen sie uns musterte. Diese Frau war eine Schönheit, und sie wußte es. Diese vollen dichten Haare, diese feinen Gesichtszüge… Da schaute man gerne auch zweimal hin!

Während ich mich mit diesen wichtigen Dingen beschäftigte, antwortete Esko ein wenig verwirrt: »Ich grüße Euch, edle Dame. Aber ich staune etwas: entweder habt Ihr seid unserer letzten Begegnung Euer Aussehen sehr verändert, oder Ihr seid nicht Herzog Asliba.«

»Nein, der bin ich nicht. Ich heiße Lintana und bin seine Witwe.«

»Wie bitte? Witwe?«

»Ja, mein Mann starb vor zwei Monaten. Und mit wem habe ich die Ehre?«

»Mein Name ist Esko, SCD 7746. Und das ist mein Freund Artano. Ich bringe eine Botschaft für Euren Mann. Es tut mir leid, daß er verstorben ist, Durchlaucht.«

»Solche Dinge passieren eben«, antwortete die Herzogin sanft und ohne jedes Anzeichen von Trauer. »Ihr müßt Eure Botschaft an mich ausrichten.«

»Ja, äh, das muß ich wohl.« Esko räusperte sich. Dann fuhr er fort: »Ich bringe Euch Grüße seiner kaiserlichen Hoheit. Er läßt Euren Gemahl fragen, warum er die Truppenaushebungen für Herzog Sharolans Vergeltungszug gegen die Ambar nicht vorgenommen hat. Jetzt sehe ich natürlich, daß sein Tod dies verhinderte. Ich bitte Euch also, diese Aushebungen jetzt vorzunehmen, Durchlaucht.«

»Nein!« Die Stimme der Fürstin klang auf einmal sehr hart.

»Nein? Wie soll ich das verstehen?«

»Das werde ich Euch sagen, Esko. Mein Mann Asliba und Herzog Sharolan haben viel miteinander unternommen; sie haben sich auch gegenseitig Soldaten geliehen, wenn sie es für nötig befanden. Beide waren Männer, die nur Gewalt kannten. Ich hätte meinen Mann nie geheiratet, wenn ich nicht dazu gezwungen worden wäre. Aber jetzt habe ich hier die Macht, und ich antworte Euch dies: es wird keine Truppenaushebungen geben, es sei denn, ich muß mich verteidigen. Ich wünsche, daß meine Untertanen nicht kämpfen, wenn es vermieden werden kann, sondern die Felder bestellen und ihrem Handwerk nachgehen. Und ihre Verpflichtung gilt ihren Frauen und Kindern, nicht einem blut- und tributgierigen Fürsten., dem das Volk der Ambar nie etwas getan hat. Kurz gesagt: ich weigere mich, Sharolan zu helfen. So!«

Fasziniert starrte ich auf die Frau, die so heftig und leidenschaftlich sprach. Wie anders klang da Esko, als er nach kurzer Pause bedächtig antwortete: »Eure Einstellung ehrt Euch, Durchlaucht. Aber es tut mir leid: ich bitte Euch nicht im Namen Sharolans, sondern ich bin gezwungen, Euch einen kaiserlichen Befehl zu übermitteln. Die Sache ist bereits entschieden.«

»Nichts ist entschieden! Sagt dem Kaiser, daß ich ihm nicht die Gefolgschaft verweigere, wenn er verlangt, was Recht und Anstand erlauben. Aber dies tue ich nicht.«

»Wißt Ihr, welche Folgen das haben kann?«

»Ja, aber das ändert nichts.«

»Nun gut«, versetzte Esko. »Ich habe meinen Auftrag ausgerichtet. Wenn Ihr mir noch etwas zu sagen habt, so findet Ihr mich bis morgen in Eurer Stadt. SCD 7746 meldet sich ab.«

Er verbeugte sich kurz und schritt dann aus dem Saal, ohne rückwärts zu gehen oder die Herzogin noch eines Blickes zu würdigen. Meine Verbeugung geriet da wesentlich hastiger, dann rannte ich hinter meinem Freund her aus dem Palast hinaus.

Kapitel 4
Worin sich zeigt, daß eigene Ideen oft besser sind
als einfache Nachahmung

Die Sonne stand noch an derselben Stelle des Himmels, als wir auch schon wieder vor dem Eingang des Palastes standen. Mit einer derart kurzen Audienz hatte wohl keiner von uns gerechnet. Obwohl Esko mit seinem Anliegen keinen Erfolg gehabt hatte, bemerkte ich zu meinem Erstaunen, daß er keinerlei schlechte Laune zeigte. Ich sprach ihn darauf an.

»Weißt du, Artano«, versetzte er und ließ seinen Blick über die Blumenbeete schweifen, »ob die Dame den Sharolan unterstützt oder nicht, ist mir ziemlich gleichgültig. Was kümmert es mich, ob sie die Ambar überfällt oder nicht? Ich habe meinen Auftrag ausgerichtet, und damit ist es gut. Ich bekomme mein Geld; das ist doch die Hauptsache.«

»Aber was willst du nun tun?«

»Ich warte.«

»Auf was?«

»Nun, bald wird der Hayrata kommen, von dem ich meine nächsten Aufträge bekomme. Die führe ich dann aus.«

Ich überlegte. »Wenn du zum Beispiel den Auftrag bekämst, die Herzogin zu ermorden?«

»Solche Aufträge habe ich noch nie bekommen. Damit rechne ich nicht.«

»Aber wenn?«

»Junge, du fragst zuviel! Wie wär's, wenn du einfach mal den Mund hieltest?«

Eigentlich reagiere ich auf solche Bemerkungen eher aufbrausend, aber in diesem Fall erwiderte ich nichts. Von Anfang an hatte Esko gesagt, er werde mir nichts über die Societas Dominorum erzählen, um mich zu schützen, und doch versuchte ich immer wieder, etwas darüber herauszufinden. Meine Neugier war geweckt.

Schließlich unterbrach Esko selbst das Schweigen. »Wir müssen jetzt nicht die ganze Zeit zusammenhocken. Ich schlage vor, du erkundest erstmal selbst das Städtchen, und bei Sonnenuntergang treffen wir uns wieder hier. In der Zwischenzeit wird der Hayrata hier gewesen sein, und wir wissen, was zu tun ist. Mach dir jetzt erst mal einen schönen Tag.«

So geschah es denn auch. Verstimmt, wie ich war, wünschte ich mir ein wenig, einer der Räuber, die er fürchtete, käme während meiner Abwesenheit und würde meinem Gefährten ein paar Hiebe überziehen. So verließ ich den Park und begab mich in die kleine Stadt.

Über den Ort läßt sich nur Gutes berichten. Kleine Fachwerkhäuser säumten die Straße, geschmückt mit Blumen und buntem Zierrat. Frauen wuschen unter freiem Himmel die Wäsche oder hängten sie auf, pflegten die Gärten oder warfen einen Blick auf die Kinder, die herumtollten. Männer bemerkte ich wenige; die meisten waren wohl noch auf dem Feld. Nein, das war keine soldatische Welt! Ich gestand mir ein, daß die Herzogin weise regierte und gut daran tat, sich nicht in kriegerische Abenteuer zu stürzen. Sie konnte doch nur dabei verlieren.

Am Marktplatz gewahrte ich ein Gasthaus, das nicht nur zum Essen und Trinken einlud, sondern auch Zimmer anbot. Damit war gleichzeitig die Frage beantwortet, wo wir nächtigen würden, sobald Esko seine neuen Aufträge entgegengenommen hatte. Ich setzte mich an einen Tisch ins Freie und bestellte mir erst einmal ein kräftiges Mittagessen, denn jetzt verspürte ich meinen Hunger erst so richtig.

Während ich mir den ersten Bissen in den Mund schob, legte sich auf einmal eine schwere Hand auf meine Schulter. »Bist du Artano?«

Ich hob den Blick und sah vier kräftige Männer, von denen der vorderste ein silbernes Abzeichen auf der Brust trug. Die beiden hinter ihm schienen mir Gehilfen zu sein, den vierten kannte ich leider. Es war einer der Gäste, die mich vor einigen Tagen nach der Entlassung aus dem Spital in der dortigen Schenke belästigt hatten.

Ich ließ mir nichts anmerken und antwortete: »Zumindest hieß ich gestern noch so.«

»Und du bist ein Mörder, wie dieser Mann hier sagt.«

»Mit wem habe ich eigentlich die Ehre?« Ich bemühte mich um Höflichkeit.

»Ich bin Sokom, der Büttel dieser Stadt, Beamter des Herzogtums Yu Xaturum. Und jetzt antworte mir.«

»Hat das nicht ein bißchen Zeit? Mein Essen wird kalt!«

»So kalt wie dein Mordopfer?«, höhnte der Quälgeist, der mich offenbar in dieser Stadt wiedererkannt und angezeigt hatte.

Mein Geduldsfaden riß. »Also, jetzt hört mir mal zu! Ich bin kein Mörder, jedenfalls, soweit ich weiß. Ich war lange krank, und man hat wohl aus meinen Fieberphantasien irgendetwas in dieser Richtung herausgehört. Das ist alles. Und jetzt laßt mich in Ruhe essen!«

»Bedaure.« Sokom blieb hart wie ein Stein. »Einen Mord zu begehen ist etwas anderes als Apfelklauen. Auch der Vermutung, daß einer stattfand, muß nachgegangen werden. Du bist also verhaftet. Leg deine Hände auf den Rücken; du wirst gefesselt!«

Nun packte mich die Wut. »Das werde ich nicht tun! Ihr könnt mir ja nicht mal sagen, wen ich eigentlich umgebracht haben soll. Laßt mich essen, danach können wir reden!«

Sokom lächelte dünn. »Mein Freund, wie was in welcher Reihenfolge geschieht, bestimme ich. Du bist verhaftet und wirst jetzt gefesselt!«

Ich weiß nicht, wie ich auf den Einfall kam, das Folgende zu tun. War es das Gefühl der Machtlosigkeit und Panik, war es der Wunsch, dieses Quartett von Schmeißfliegen zu erschrecken, oder ganz einfach der Wunsch, ES auszuprobieren, zu sehen, wie ES wirkte? Wahrscheinlich alles zugleich!

Langsam drehte ich auf meinem Stuhl zu ihnen und sprach: »Jetzt ist es genug. Ich habe lange genug mit euch vieren Geduld gehabt, aber jetzt reicht´s! Ihr werdet mich in Ruhe lassen und nie wieder auf diesen Verdacht ansprechen! In nomine societatis!«

Dabei formte ich Daumen und Zeigefinger der linken Hand zu einem Ring und hielt sie hoch.

Eine tiefe Stille trat ein. Das selbstherrliche Gesicht Sokoms veränderte sich schlagartig, es zeigte geradezu Panik. Dann trat er einen Schritt zurück und schüttelte ungläubig den Kopf. Auch die anderen prallten zurück.

Schließlich stotterte der Büttel: »Du bist- Verzeihung, Ihr seid Mitglied? Das konnte ich nicht wissen. Das konnte ich einfach nicht wissen.«

»Nun, dann weißt du´s jetzt«, triumphierte ich.

»Vergebt mir, Herr«, stammelte Sokom. »Natürlich habt Ihr kein Verbrechen begangen, wie könntet Ihr auch? Hier wäre ja jeder Verdacht absurd! Bitte vergebt mir!«

»Ich vergebe dir, wenn du dich mit deinen Jammergestalten davonmachst! Ich zähle bis drei, dann will ich eure Hintern nur noch in der Entfernung sehen!«

Diese Forderung war überflüssig; der Büttel verneigte sich hastig und trabte dann mit seinen Leuten und dem Denunzianten davon. Es war zum Lachen. Hätte ich gewußt, daß es so einfach war, das Volk hier zu beherrschen, dann hätte ich es schon viel eher getan. Genußvoll aß ich nun endlich mein Mahl, und zur Feier meines Sieges genehmigte ich mir ein weiteres Glas Wein.

Ein Theater. Ich sitze als einziger im Zuschauersaal, direkt vorne in der Mitte der ersten Reihe. Es wird ein Ballett gegeben, und ich bin nicht wenig beeindruckt vom Tanz der Ballerinen, die einer kunstvollen Choreographie folgen. Nun ja, um es genau zu sagen: beeindruckt bin ich schon, aber wirklich schön finde ich es nicht. Sie bewegen sich wie Automaten, die man aufgezogen hat, so, als hätten sie einen Schlüssel auf dem Rücken. Ich höre ihr schweres und angestrengtes Atmen. Die nackten Glühbirnen summen, was sicher nicht aufgefallen wäre, wenn es hierzu Musik gegeben hätte.

Schon bald fällt mir auf, daß die Ballerinen wirklich wie Puppen tanzen; sie vollführen die immer gleichen Figuren. Dabei atmen sie schwer, aber sie geraten nicht außer Atem. Das mag daran liegen, daß sie Masken tragen, wertlose Masken aus Plastik, von denen man meinen könnte, sie seien in irgendeinem Karnevalsgeschäft gekauft worden. Aber diese Masken lächeln nicht.

Wie lange soll das Ballett gehen? Schon öffne ich den Mund, aber meine Stimme versagt. An diesem Orte ist das Unterbrechen der weihevollen Stille nicht gestattet. Aber man hat meinen stummen Ruf gehört. Wie ein Vorhang gleiten die Tänzerinnen links und rechts zur Seite und geben den Blick frei auf eine einzelne große Gestalt, die- gehüllt in einen weiten Umhang- mit dem Rücken zu mir im Hintergrund der Bühne steht. Sie rührt sich nicht, als ob sie eine Puppe wäre. Was mag das sein?

Artano, du siehst mich und weißt, wer ich bin. Bald wirst du alles wissen und dir wünschen, du wüsstest es nicht.

Über den weiteren Nachmittag gibt es nichts Wesentliches zu berichten. Ich besichtigte die Stadt, genoß diesen herrlichen sonnigen Frühlingstag und schwelgte in verschiedenen Gedanken. Ich gebe zu, daß ich auch allerlei unzüchtige Phantasien bezüglich der schönen Herzogin hatte.

Schließlich nahte der Sonnenuntergang. Ich begab mich zurück zum Park, wo Esko auf mich wartete.

»Na, hast du die Zeit genossen?«, fragte er. »Ich hab mich nur entsetzlich gelangweilt, weil der Hayrata nicht gekommen ist. Der Sharolan wird sich freuen, wenn die

Soldaten deswegen auch nicht erscheinen und er allein das Schwert schwingen darf. Laß uns jetzt ins Gasthaus gehen, und wenn morgen auch niemand kommt, dann laß ich mir´s gutgehen. Der nächste Auftrag kommt bestimmt.«

»Solange möchte ich aber nicht warten«, warf ich ein.

»Brauchst du auch nicht. Ich bleibe erstmal in dieser Stadt, und da kommen die Wegelagerer nicht hin. Laß uns gehen, mein Sohn.«

Heiter plaudernd begaben wir uns in die Stadt. Hier konnte ich meinem Freund so manches zeigen, was ich schon kannte. Schließlich führte ich ihn zum Wirtshaus, wo ich inzwischen ein Zimmer für uns gebucht hatte. Noch war es warm. Wir nahmen an demselben Tisch Platz, wo ich einige Stunden zuvor gegessen hatte, wobei ich es so einrichtete, daß ich auf demselben Stuhl saß wie heute mittag. Das Triumphgefühl in mir wärmte mich, aber ich erzählte Esko nichts davon. Zum einen wäre er sicher nicht begeistert darüber gewesen, daß ich seinen kleinen Trick benutzt hatte, zum anderen wollte ich ihm nicht alles erzählen, was mir widerfuhr. Warum auch? Er schwieg ja auch über vieles.

Wir leisteten uns ein üppiges Abendessen und sprachen dem Wein ordentlich zu. Schon beschlossen wir, wegen der Dunkelheit in das Haus zu gehen, als der Wirt nahte und meinem Freund einen kleinen Brief überreichte mit den Worten: »Das hat jemand vorhin für dich abgegeben.«

»Na also, da kommt die Nachricht ja doch«, lachte Esko. »Der Hayrata sagt unser Treffen ab; vielleicht hat er Durchfall.« Er öffnete den Brief, entfaltete das Papier und las- nicht!

Das Lachen gefror auf Eskos Lippen, er wurde weiß wie ein Laken. Offenbar wollte er etwas sagen, aber seine Lippen zitterten nur. Langsam erhob er sich von seinem Stuhl, über meinen Kopf hinweg in die Ferne starrend, dann taumelte er zur Brüstung der Veranda, fiel mehr darüber als daß er sich lehnte, und erbrach sich. Der Brief fiel aus seiner Hand.

Natürlich sprang ich ebenfalls auf, aber als ich versuchte, ihm beizustehen, wehrte er mich nur mit einer schwachen Handbewegung ab. Dann torkelte er ins Haus.

Ich hob den Brief auf. Der Umschlag trug keinen Absender, das Schreiben bestand aus einem Blatt schwarzen Papiers, auf dem in goldener Farbe nur eine einzige Zeile stand:

SCD 7747

Was bedeutete das denn? Wie ich bemerkt hatte, trug jedes Mitglied der Societas eine Nummer, aber Esko hatte doch die 7746! Zwar konnte ich mir diese seltsame Botschaft nicht erklären, aber soviel war mir sofort klar: hier stimmte etwas ganz und gar nicht!

Mit dem Brief in der Hand stürmte ich in unser Zimmer, wo Esko auf seinem Bett lag und an die Zimmerdecke starrte. Als ich ihn ansprach, reagierte er nicht. Erst als ich ihn schütteln wollte, wehrte er ab.

Es dauerte eine kurze Zeit, bis er langsam und schleppend sagte: »Artano, wir haben ein Problem.«

»Was ist geschehen?«

»Der Botenauftrag an Herzogin Lintana wurde mir entzogen und an SCD 7747 übergeben. Deswegen ist der Hayrata nicht gekommen.«

»Und was bedeutet das?«

»Etwas Schlimmes! Ich habe offenbar irgendeinen dummen Fehler gemacht und bin in Ungnade gefallen.«

»Wie kommst du darauf?«

»Artano, es ist einfach nicht üblich, einem Legaten den Auftrag zu entziehen, wenn er nicht krank ist. Dazu ohne jede Begründung!« Esko schwang sich aus seinem Bett und trat ans Fenster.

»Aber«, fragte ich verwirrt, »was für einen Fehler kannst du denn gemacht haben?«

»Was weiß denn ich? Ich hab doch bloß der Herzogin ausgerichtet, was man mir aufgetragen hat! Ich kann mir nicht vorstellen, dabei einen Fehler gemacht zu haben; immerhin überbringe ich schon seit ziemlich langer Zeit Botschaften.«

»Vielleicht lag der Fehler woanders?«

»Muß wohl so sein.« Wieder trat eine kurze Pause ein. Dann überlegte er: »Vielleicht, daß ich mich auf die Societas berufen habe, um dir zu helfen?«

»Was wäre denn daran schlimm?«, fragte ich verwundert.

»Meine persönlichen Interessen dürfen nicht zählen, wenn ich so etwas tue. Sonst könnte ich mir ja im Namen der Societas ein schönes Leben machen und alle möglichen Leute herumkommandieren.«

»Aber du hast es doch getan, um mich zu retten.«

»Offenbar war das nicht erlaubt.«

Ein Gefühl der Bedrohung stieg in mir auf und setzte sich fest. Irgendwie wußte ich jetzt, daß mein aufkommender Gedanke die Erklärung für das Geschehene war, daß- ich wagte es mir kaum einzugestehen- mein dummer Streich von heute mittag Folgen zeigte, die jetzt begannen und uns wer weiß wohin führen mochten. Ich konnte nicht mehr schweigen, und doch fiel es mir schwer zu sprechen. Mein Blut fühlte sich an wie Eis.

»Esko«, begann ich, mich mühsam bezwingend, »ich befürchte, ich habe eine Erklärung.«

»Wieso?« Mein Freund wandte sich mir zu und starrte mich an.

Stockend erzählte ich ihm alles. Kalter Schweiß rieselte über mein Gesicht.

Esko schwieg eine ganze Weile. Dann fragte er leise: »Hast du mit der Hand mein Zeichen gemacht, als du dich auf die Societas berufen hast?«

»Ja, leider.«

»Artano, du bist ein Schwein!« Diese groben Worte kamen ganz leise hervor. »Jetzt glauben sie, daß ich mein Zeichen mißbraucht habe. Wie konntest du das tun? Ich habe dir vertraut!«

»Esko«, rief ich aufspringend. »Wenn ich es nicht getan hätte, säße ich jetzt im Gefängnis!«

»Ach wo! Die wissen ja nicht einmal, wen du umgebracht haben sollst!«, schrie er. »Jetzt sitze ich im Dreck und löffele die Suppe aus, die du mir eingebrockt hast! Was soll ich denn zu meiner Verteidigung sagen, wenn mich überhaupt noch jemand fragt? Morgen ist mein Nachfolger hier. Jetzt darf ich mir überlegen, was ich ihm sage. Und auch, was seine Nummer zu bedeuten hat!«

»Wieso?«

»Es gibt keinen Boten, der die Nummer SCD 7747 trägt!«

Esko faßte sich. »Hör zu, Artano, vielleicht war es ein Fehler, dir so wenig zu erzählen; du kennst die Regeln der Societas nicht. Aber ich hab dich auch nicht für so blöde gehalten, daß du Dinge tust, die du nicht verstehst und die dich nichts angehen. Wir werden jetzt schlafen gehen, und morgen trennen sich unsere Wege. Wir sind geschiedene Leute!«

Die ganze Nacht lang lag Esko auf dem Rücken und starrte an die Zimmerdecke. Ich konnte natürlich erst recht nicht schlafen. Zermartert von Selbstvorwürfen überlegte ich, ob ich nicht irgendwie meinem Freunde helfen und mich zu meiner Schandtat bekennen könne. Im Grunde war dies doch die einfachste Lösung, allerdings mußte ich dann auch zugeben, daß Esko sein Zeichen benutzt hatte, um mir zu helfen, sei es zu seinem persönlichen Nutzen oder aus Sympathie.

Irgendwie war es für mich bei allem Schrecken doch beruhigend, daß die Strafe nicht mir drohte. Zugegeben: das war ein erbärmlicher Gedanke, aber er bestärkte mich in meinem Beschluß, morgen vor Eskos Nachfolger zu treten und die Sache aufzuklären. Dieser Gedanke beruhigte mein Gewissen. Zwar konnte auch bei mir von Schlaf keine Rede sein, aber ich döste doch zumindest ein wenig.

Als am nächsten Morgen die Sonne aufging, wurde ich schnell wach und stand auf, um meinem Begleiter zu sagen, was ich beschlossen hatte. Noch immer lag er auf dem Rücken und starrte zur Zimmerdecke, aber sein Blick war gläsern geworden. Esko war tot.

Kapitel 5
In welchem Artano erneut dort landet, wo er gar nicht hinwollte

Bis jetzt hatte man mir ständig vorgeworfen, daß ich ein Mörder sei. Diesmal war es jedoch anders. Der eilig herbeigerufene Heiler musterte mich zwar mit mißtrauischen Blicken, aber er ging schon sehr schnell davon aus, daß Esko einem Herzschlag zum Opfer gefallen sei. Man wagte es nicht mehr, mich zu verdächtigen. Kurz darauf wurde mein Begleiter auf einer Bahre aus dem Zimmer getragen.

Ich wußte genau, daß von einem Herzschlag keine Rede sein konnte. Esko war ermordet worden, weil er nach Ansicht der Societas Dominorum versagt und sein Zeichen mißbraucht hatte, da war ich mir ganz sicher. Aber was nutzte mir diese Erkenntnis? Beweisen konnte ich meinen Verdacht nicht; zudem kannte ich weder die Gesetze noch die Macht dieser Leute. Und selbst wenn ich das Verbrechen hätte beweisen und mich gegen Repressalien wehren können, was hätte sich dadurch geändert? Eskos Tod interessierte hier nicht nur niemanden, man war wahrscheinlich sogar ganz froh, ihn losgeworden zu sein. Immerhin war es um die Einberufung von Soldaten für Herzog Sharolans privaten Krieg gegangen.

So beschloß ich denn, mein Glück nicht länger zu strapazieren, sondern Yu Xaturum sofort zu verlassen und mich nach Haytan al Shedihn zu begeben, um dort eine Anstellung als Tagelöhner zu bekommen. Aber in diesen Tagen lief nichts so, wie es sollte. Erneut wurde ich durch die Ereignisse überrumpelt, und wieder einmal zu meinem Nachteil.

Was geschah? Nun, ich saß gerade beim Frühstück, kaum zwei Stunden, nachdem Esko mein Leben wieder verlassen hatte, als sich ein Fremder an meinen Tisch setzte. Wieder hatte ich auf der Veranda des Gasthauses Platz genommen, weil die Sonne weiterhin schien. Vielleicht war dies ein Fehler gewesen, denn man konnte mich auf der Straße weithin sehen.

Nun saß also dieser Fremde an meinem Tisch, ein hagerer Mensch mit ausdruckslosem Gesicht in farbloser Reisekleidung, ganz der Typ des reisenden Kaufmannes, der nicht auffällt und unterschätzt wird, bis er dich übers Ohr gehauen hat.

»Ein schöner Morgen«, begann er mit einem kurzen Blick auf die Sonne.

Ich nickte kauend und abwehrend.

Davon unbeeindruckt fuhr er fort: »Euer gestriges Zeichen hat am kaiserlichen Hof großes Wohlgefallen gefunden. Ich heiße Euch also herzlich willkommen, Artano, im erlauchten Kreise der Societas Dominorum. Ihr tragt ab sofort die Nummer SCD 7747. Bis auf weiteres bin ich Euer Hayrata, und ich teile Euch mit, daß Eure erste Aufgabe darin bestehen wird, Herzogin Lintana zur Erfüllung ihrer Pflicht anzuhalten. Sie muß Herzog Sharolan eine angemessen große Truppe für den Kampf gegen die Ambar zur Verfügung stellen.«

»Moment mal!« Erst jetzt fand ich meine Sprache wieder. »Was soll denn das heißen? Bildet Ihr Euch ein, ich wollte den Nachfolger von Esko spielen?«

»Verzeihung, wer ist Esko?«

»Mitglied Eurer Gemeinschaft, SCD 7746!«

Mit etwas verwirrtem Gesichtsausdruck lauschte der Hayrata in sich hinein. »Nein«, erklärte er schließlich, »diese Nummer ist nicht besetzt. Einen Esko kenne ich nicht.«

»Gestern war er doch noch für Euren Auftrag zuständig.«

»Das mag sein. Aber das Gestern hat mich nicht zu interessieren. Ich kenne nur die Mitglieder der Gegenwart. Was gewesen ist, ist völlig irrelevant.«

»Für mich nicht!«, rief ich erzürnt. »Ich habe in Unkenntnis sein Zeichen benutzt, um aus einer Notlage herauszukommen. Dafür wurde er verantwortlich gemacht und ermordet! Wie könnte ich seinen Platz einnehmen, selbst wenn ich es wollte?«

»Mein Freund.« Ein kurzes Lächeln spielte um seine schmalen Lippen. »Was immer auch geschehen ist und wie Eure Meinung lautet: glaubt mir, es ist nicht wichtig. Ihr habt die Aufnahme in die Societas völlig korrekt beantragt und seid sofort akzeptiert worden. Das ist eine große Ehre, zumal Ihr ab sofort ausnahmslos alle Privilegien genießen dürft, die damit verbunden sind. Und ich habe nun die große Ehre, mich verabschieden zu dürfen.«

Der Hayrata stand auf, verbeugte sich mit ausgesuchter Höflichkeit ohne jeden Hohn und verließ die Veranda. Ich hockte auf meinem Sitz wie festgenagelt und staunte mit offenem Munde. Ich bin gar nicht auf die Idee gekommen, ihm nachzugehen.

Damit hatte sich meine Situation nun völlig verändert. So pervers mir der Gedanke auch vorkam, er bestand nun als unumstößliche Wahrheit: ich hatte Esko aus dem Wege geräumt, um seinen Platz einzunehmen und damit wohl indirekt meinen zweiten Mord begangen.

Was sollte ich nun tun? Herzogin Lintana unter Druck zu setzen und fremde Interessen zu vertreten, an die ich selbst nicht glaubte, kam mir nicht in den Sinn. Aber irgendetwas mußte ich tun, denn es verstand sich von selbst, daß mir dasselbe wie Esko passieren konnte, wenn ich nicht so funktionierte, wie man es von mir erwartete.

Nach etlichem Überlegen ließ ich mich zur Audienz bei der Fürstin melden, wo ich auch sofort vorgelassen wurde. Die Schönheit Lintanas beeindruckte mich tief, aber ich mußte feststellen, daß sie mich nicht eben freundlich anblickte.

»Was wünscht Ihr?«, fragte sie kalt.

»Durchlaucht, ich bitte um Verzeihung, daß ich Euch belästigen muß«, versetzte ich. »Aber Ihr dürft mir glauben, daß dies nicht in meiner Absicht lag. Ich muß Euch um noch mehr bitten, nämlich um Vertrauen. Ich weiß, daß das in dieser Situation schwerfällt.«

»Welchen Grund sollte ich haben, Euch zu vertrauen?«

»Laßt es mich erklären. Bis jetzt kanntet Ihr nur Esko,

den Ihr mehrmals gesehen habt. Mein Name ist Artano, und ich trage seit heute die Nummer SCD 7747.«

Lintana nickte nachdenklich. »Ich weiß, daß er tot ist. Ihr seid also sein Nachfolger?«

»So ist es.«

»Ich wußte nicht, daß Ihr Mitglied der Societas Dominorum seid.«

»Das war ich bis heute auch nicht. Hier liegt offenbar ein Mißverständnis vor. Aber nun ist es einmal so.«

»Und was wollt Ihr von mir? Warum soll ich Euch vertrauen?«

»Durchlaucht, ich bin nur Euer Gast. Ursprünglich wollte ich ja nichts anderes als Esko vor Wegelagerern beschützen. Aber sei's drum; es fällt mir nicht ein, die Interessen eines blutgierigen Fürsten zu vertreten, nur weil er das Ohr des Kaisers hat. Er kümmert mich genausowenig wie die Ambar, von denen ich noch nie etwas gehört habe. Außerdem empfinde ich Eure Einstellung als menschlich und verantwortungsvoll.«

Ein überraschtes Lächeln zog über das Gesicht der Herzogin. Mir erschien es wie ein Sonnenaufgang. »Sprecht weiter«, bat sie.

»Irgendetwas muß jetzt geschehen«, fuhr ich fort. »Ich stecke nun tief in einer Misere, mit der ich gar nichts zu tun haben wollte, aber ich habe immerhin auch Privilegien als Mitglied der Societas. Das muß sich doch irgendwie nutzen lassen.«

Lintana blickte mir gespannt ins Gesicht, doch sprach sie nicht.

Ich setzte meine Ausführungen fort.

»Durchlaucht, mein Problem besteht darin, daß ich den Kaiser und den Herzog, sie beide, nicht kenne. Mögt Ihr mir etwas darüber erzählen?«

»Merkwürdig«, sinnierte sie. »Eigentlich müßte ich das Euch fragen. Aber ich möchte etwas anderes wissen. Wenn ich Euch vertrauen soll, müßt Ihr mir vertrauen. Nur dann können wir uns verständigen.«

»Das sehe ich auch so.«

»Werdet Ihr mir meine Fragen beantworten, wenn ich Eure beantworte?«

»Ja, das verspreche ich Euch.«

»Nun, denn. Also zunächst der Herzog! Sharolan habe ich des öfteren gesehen, wenn ich an der Seite meines Mannes repräsentieren mußte. Er trinkt ständig, er ißt ständig, er hurt ständig herum, am liebsten mit jungen Mädchen, die noch Jungfrau sind. Dazu hat er von seinem Vater die Fehde mit den Ambar geerbt, die er mit wahrer Leidenschaft führt. Er betrachtet sie als tributpflichtig und will ihnen seine Ansichten aufzwingen. Aber in der letzten Zeit erhielt er weder Unterwürfigkeit noch Tribut. Deswegen will er jetzt eine Strafexpedition unternehmen, um die Ambar zu Paaren zu treiben. Da er unglücklicherweise auch sehr reich ist, hat er bisher von meinem Mann Asliba Soldaten gekauft. Beide waren auch sonst sehr gute Freunde. Aber als kürzlich mein Mann starb, bin ich seinen Wünschen nicht gefolgt. Kurz zuvor hatten sich Asliba und Sharolan gestritten, daher nimmt er jetzt vermutlich an, daß mein Mann ihm die Truppen verweigert. Er weiß ja nicht, daß mein Mann gestorben ist. Deswegen hat er sich offensichtlich an den Kaiser gewandt, der die Societas mit der Klärung des Ganzen beauftragte. So denke ich mir das.«

»Ich verstehe. Aber welches Interesse hat denn der Kaiser an Sharolans Plänen?«

»Das weiß ich nicht.«

»Und was könnt Ihr mir zum Kaiser sagen?«

»Praktisch nichts. Ich kenne seinen Namen nicht; ich habe ihn nur ein einziges Mal aus der Entfernung gesehen, als ich noch ein junges Mädchen war. Es geschieht selten, daß ein Mensch den kaiserlichen Hof betreten darf. Aber auch wenn dieser Mensch sich im Hintergrund hält, so hat er doch eine gewaltige Armee, die seine Macht erhält, und die Societas Dominorum, die uns seinen Willen verkündet. Die hat auch viel Macht, aber diese Kraft läßt sich kaum beschreiben.«

»Dann diene ich also einem Manne, den ich vermutlich nie sehen werde?«

»Ja, so ist das wohl.« Lintanas Gesicht wirkte nun entspannt und freundlich. »Jetzt darf ich Euch etwas fragen?«

»Bitte sehr.«

»Wie alt seid Ihr? Ihr habt das Gesicht eines jungen Mannes und schlohweiße Haare.«

»Das kann ich Euch nicht sagen. Meine Erinnerung reicht nur um ein paar Wochen zurück.« Ich berichtete der Herzogin, was ich wußte.

»Das gefällt mir nicht«, sagte sie ernst. »Ihr kommt mir vor wie ein ahnungsloses Kind, das zum Bauern in einem Schachspiel mächtiger Leute geworden ist. Ich will Euch nicht beleidigen. Aber Ihr solltet so schnell wie möglich fliehen.«

»Das kann ich nicht«, antwortete ich. »Die Societas wird mich überall erreichen. Man erwartet von mir, daß ich etwas tue, sagt aber nicht, wie ich es tun soll. Darin liegt vielleicht eine Chance.«

»Was möchtet Ihr denn tun?«

»Zu Herzog Sharolan gehen und ihn kennenlernen, was denn sonst? Am kaiserlichen Hof wäre ich wohl kaum willkommen, zumal ich ja noch neu bin.«

»Und was wollt Ihr ihm sagen? Daß ich mich weigere, ihm zu helfen? Dann überzieht er mein Land mit Krieg.«

»Dann dürft Ihr Euch halt nicht weigern.«

»Das kommt nicht in Frage!«

»Und was wäre, wenn Ihr ihm zum Schein zusagt? Ihr würdet Zeit gewinnen.«

»Zeit wofür? Er würde doch merken, daß er betrogen wird.«

»Wer weiß? Durchlaucht, Ihr habt ja Recht, ich bin neu. Aber ich habe doch auch eine große Macht durch die Societas bekommen, die muß doch zu etwas gut sein. Und wenn ich die Möglichkeiten der Societas nicht kenne, dann tut er es erst recht nicht.«

»Es sei denn, ein Ordensbruder von Euch hätte ihn schon aufgeklärt.«

»Das ist natürlich ein Risiko, das gebe ich zu. Aber was habt Ihr denn zu verlieren, Durchlaucht? Wenn Ihr Euch offen weigert, gibt es sofort Krieg, wenn nicht, dann könnt Ihr ihn vielleicht vermeiden.«

»Ich war nie gut im Glücksspiel.« Die Herzogin stand auf und reichte mir ihre schmale Hand zum Kuß. »Mag sein, daß Ihr Glück habt. Aber seht Euch vor, Artano, sonst mag es sein, daß wir beiden letztlich die Betrogenen sind.«

Kapitel 6
Zeigt den jungfräulichen Artano im Sündenpfuhl

Ich konnte deutlich erkennen, daß Herzogin Lintana mir noch immer mißtraute. Aber dies war ihr wohl nicht übelzunehmen. Schließlich hatte ich mich ja selbst auf die denkbar schlechteste Weise eingeführt.

Am nächsten Morgen gedachte ich zum Hof Herzog Sharolans aufzubrechen. Ich wußte, daß Esko an diesem Vormittag begraben werden würde, aber ich beschloß, an der Beerdigung nicht teilzunehmen. Auch wenn er mir geholfen hatte, so war er doch kein wirklicher Freund gewesen, und ich kannte ihn ja auch erst seit wenigen Tagen. Es wäre bestimmt nicht das Schlechteste, ihn dadurch zu ehren, daß ich der Societas ins Gesicht spuckte.

Nach dem Frühstück nahm ich daher meine wenigen Habseligkeiten auf und begab ich in Richtung des Pferdehofs, wo auch mein edles Roß stand. Dabei kam ich auf einem Wall oberhalb des fürstlichen Parks vorbei und warf einen Blick hinunter.

Auf einer Bank neben einem Blumenbeet saß Lintana und herzte einen kleinen Jungen. Bis jetzt hatte ich mir überhaupt keine Gedanken darüber gemacht, ob sie Kinder besaß. Also hatte sie zumindest einen kleinen Sohn. Es rührte mich seltsam an, daß sie hier so offen als liebevolle Mutter auftrat. Vielleicht war genau dies der Grund für ihre Weigerung, Truppen zu stellen: sie wollte nicht, daß irgend jemand einen Sohn, Bruder oder Vater verlor.

Während ich weiterlief, ließ ich meine Gedanken schweifen. Meine Vergangenheit war ausgelöscht; ich wußte nichts über meine Eltern oder einstigen Freunde. Wartete vielleicht eine Frau oder Familie auf mich? Wo kam ich her? Welche Ereignisse hatten dazu beigetragen, daß mein Haar schlohweiß geworden war? Die Antwort auf diese Fragen interessierte mich brennend, und doch wußte ich, daß ich sie niemals erfahren durfte; sie hatte mich seinerzeit wahnsinnig gemacht.

Unter Wasser. Das Wasser gluckert in meinen Ohren; tief unter mir wogen Wasserpflanzen hin und her. Über mir sehe ich den Rumpf der Jacht, mit der ich kam, die stehenden Schiffsschrauben, den Kiel. Wie lange habe ich mich danach gesehnt, hier zu schnorcheln. Viele bunte Fische habe ich gesehen, kleine Rochen, Seesterne. Wenn ich aufgestiegen bin, werde ich meine Liebste wieder in die Arme schließen, die oben nackt auf dem Deck die Sonne genießt, an ihrem seidenweichen vollen Haar schnuppern und es küssen. Und dann werden wir uns lieben. Lintana…

Doch was ist das? Als hätte jemand einen Schalter betätigt, verlöscht das Sonnenlicht über mir. Ich kann absolut nichts mehr erkennen. Ich ziehe- ganz gegen meinen Willen- die Taucherbrille von den Augen, während ich immer tiefer sinke. Ich spüre, daß ich die Wasseroberfläche nicht mehr sehen werde. Gerade als die Luftnot einsetzt, setzen meine Füße auf dem Boden auf. Ich möchte zappeln, aber ich kann nicht. Ein schwaches blaugrünes Licht leuchtet auf, und für wenige Sekunden vergesse ich meine Atemnot, als ich sehe, daß der Boden über und über mit Masken bedeckt ist, billigen Plastikmasken. Das Licht kommt aus ihren Augenlöchern.

Nun muß ich atmen. Zur Wasseroberfläche werde ich es nicht mehr schaffen. Luft, Luft! Und da gewahre ich vor mir eine Gestalt, gehüllt in einen dunklen Umhang. Langsam dreht sie sich zu mir um. Aber noch bevor ich ihr Gesicht sehe, wird es dunkel um mich.

Artano, es kostet Mut, inmitten dieser Masken zu atmen. Ich komme nun.

Über die Reise nach Koraman Kasar, dem Land Herzog Sharolans, gibt es nicht viel zu berichten. Straßenräuber begegneten mir nicht, was sich auch als sehr gut erwies: allmählich verlor ich meine übermenschliche Körperkraft. Offensichtlich war auch sie eine Folge des Lethewassers gewesen, das ich getrunken hatte.

In fünf Tagen gelangte ich nach Koraman Kasar. Den Unterschied zu Yu Xaturum bemerkte ich schnell: hier gab es viel mehr Felder und viel weniger Wald als dort. Die Wege waren zahlreicher und besser ausgebaut. Wagenspuren und die Überreste überfahrener Igel sowie anderer kleiner Tiere zeigten mir, daß der Handel hier eine größere Rolle spielte als die Natur.

Als ich dann in die Stadt gelangte, wurde es nicht besser: mein Pferd watete durch stinkenden Schmutz. Trotz des Frühlingstages sirrten hier schon eine Unmenge Fliegen, die sich auf dem Kot niederließen. Die Menschen stanken mörderisch. Wer ein Bedürfnis hatte, verrichtete es in aller Öffentlichkeit am Rande der Straße, wobei die anderen zusahen. Schon jetzt, am frühen Nachmittag, bemerkte ich mehr als einen betrunkenen Menschen, der mit glasigem Blick auf der Straße hockte. Schweine und Hühner tummelten sich auf offener Straße und erleichterten sich ebenfalls, ohne daß es jemanden auch nur im Geringsten störte.

Der Palast hatte schon bessere Zeiten gesehen. Kunstvolle Kapitelle an den Säulen des Tores zeugten von großem handwerklichen Können, die Farben waren noch nicht völlig von den Wänden abgeblättert, und den schmückenden Statuen fehlten bis jetzt nur Nase oder Hände.

Dafür war der Vorsaal, in den man mich geleitete, geradezu geschmacklos mit Unmengen von Schmuck überladen, an dem hier und da schon mal das Blattgold fehlte.

Nur die Soldaten, die mich begleiteten, wirkten wie Lichtblicke in diesem trostlosen Land, zumindest, was ihr Äußeres betraf. Es kann darüber hinwegtäuschen, daß der Beruf des Soldaten der schmutzigste der ganzen Welt ist. Ihre prächtigen Uniformen zeigten keinen Makel, ihre glänzenden Stiefel keine Flecke, und auch ihre Waffen ließen hervorragende Qualität erkennen. Doch gewahrte ich nur sehr wenige Soldaten.

Ich hatte nicht viel Zeit, mir diese Prachtexemplare des Menschengeschlechtes anzusehen, denn man führte mich direkt in den großen Saal, wo ein Fest gefeiert wurde.

Ich kann mich nicht erinnern, jemals einen so abstoßenden Menschen wie Herzog Sharolan gesehen zu haben. Er hing mit seinem riesigen aufgedunsenen Körper auf dem Thron, kaum fähig, gerade zu sitzen. Sein fettiges langes Haar hing ihm über die Schulter, sein aufgedunsenes Gesicht war von Pickeln übersät. Im ganzen machte es einen völlig verlebten Eindruck. Alkohol, fettige Speisen und wohl auch Hurerei schienen alles zu sein, was diesen Mann interessierte. Neben dem Krieg!

Zu Sharolans linker Hand saß ein geringfügig schmalerer Herr, der sich von ihm nur durch die geringere Anzahl an Pickeln im Gesicht und durch zwei deutlich sichtbare Zahnlücken unterschied. Auch der glasige Blick des Betrunkenen war beiden eigen.

Auf der rechten Seite des erlauchten Herzogs gewahrte

ich einen Mann, der sich deutlich von beiden unterschied. Von schmaler, fast asketischer Gestalt und mit scharfem Gesichtszügen schien er nicht hierher zu passen. Sein Haar trug er kurz geschnitten, und sein Bart war gepflegt. Er trug nicht die mit Goldbrokat überladene Hofkleidung der beiden anderen, sondern einen schlichten schwarzen Mantel, den er sich über die Schulter geschlagen hatte. Bei meinem Eintritt hatte der betrunkene Fürst ihm einen vollen Pokal Wein in die Hand gedrückt, den er unauffällig zur Seite stellte, ohne auch nur zu nippen. Während des folgenden Gespräches betrachtete dieser Mann mich sehr aufmerksam.

»Also, mein Kleiner«, begann Herzog Sharolan leutselig, »du bist ungeladen in mein Fest geplatzt. Ich hoffe für dich, daß du einen guten Grund dafür hast. Wer bist du denn eigentlich?«

Ich verbeugte mich. »Es tut mir leid, wenn ich Euch störe, Durchlaucht. Ich heiße Artano, Societas Dominorum Nummer 7747.« Nach dem Vorbild, das mir Esko gegeben hatte, nannte ich die Ziffern einzeln.

Sharolan hob die Augenbrauen. »So, von denen bist du? Was willst du denn?«

»Ich komme von Herzogin Lintana mit der Antwort auf Eure Frage.«

»Lintana? Ich habe diese Schlampe gar nichts gefragt, sondern ihren Mann!«

»Das weiß ich, Euer Durchlaucht. Aber ihr Mann ist gestorben, und sie musste sich erst einmal darüber klar werden, ob sie Euch Truppen zur Verfügung stellen möchte.«

»Ach, so ist das. Nun, und was sagt sie?«

»Sie ist bereit, Euch zu unterstützen, wenn auch nur auf kaiserlichen Befehl.«

»Den hat sie ja. Dann kriege ich also meine Truppen?«

»Ja, Euer Durchlaucht, vorausgesetzt, dieser Befehl kann ihr schriftlich vorgelegt werden.«

»Ist das nicht geschehen?«

»Ich bedaure. Mein Vorgänger Esko starb, und als ich mit seiner Nachfolge beauftragt wurde, nahm der Hayrata den schriftlichen Befehl an sich.«

»Warum?«

»Er hätte nichts genutzt, weil er auf Eskos Namen ausgestellt war. Der Hayrata hatte keine Papiere, die auf mich ausgestellt waren.«

Ich log, daß sich die Balken bogen. Aber ich wußte nicht, wie ich es anders formulieren sollte. Wenn ich sagte, daß Herzogin Lintana nicht bereit war, Soldaten zu stellen, würde Sharolan sie sofort mit Krieg überziehen. Gab ich aber an, daß die Truppen sofort kämen, würde die Lüge zu rasch durchschaut werden, wenn nichts geschah. Früher oder später würde der Herzog hinter die Lüge kommen und die arme Frau überfallen. Ich überlegte fieberhaft, wie ich ihr helfen konnte. Der angebliche Weg über den Kaiser mochte ihr eine Galgenfrist verschaffen, aber letztlich würde ich den Überfall nicht verhindern können. Es sei denn, der Herzog würde sterben…

Weiter kam ich mit meinen Überlegungen nicht, denn der Lakai auf dem linken Platz fragte: »Dann können wir wohl annehmen, daß die Papiere bald kommen werden?«

»Verzeihung, aber ich darf nur Seiner Durchlaucht antworten«, versetzte ich. »Darf ich wissen, wer Ihr seid?«

»Das ist mein oberster Minister Titus«, antwortete Sharolan. »Also, kommen die Papiere bald?«

»Davon gehe ich aus, Euer Durchlaucht.«

Es war eine denkbar unangenehme Situation. Ich wünschte den Fürsten und seinen Lakai dahin, wo der Pfeffer wächst. Aber noch mehr beunruhigte mich der

Mann zur Rechten, der gar nichts sagte, mich aber forschend anblickte und sich kein Wort entgehen ließ.

»Nun«, säuselte Titus. »Der Hayrata bringt also bald den kaiserlichen Befehl mit Eurem Namen, Ihr geht damit zur Herzogin, und sie schickt unserem Herrn, was ihm zusteht?«

»So ist es.«

»Gut!«, rief der Herzog. »Dann ist das geklärt, und wir wollen weiterfeiern. Gebt dem guten Mann Wein!«

So geschah es. Ich nippte nur an dem Wein und zog mich so schnell wie möglich an den Rand des Saales zurück, um die Gesellschaft zu beobachten, ohne selbst beobachtet zu werden. Es handelte sich um einen Haufen adeliger Tagediebe, genauso besoffen wie ihr geliebter Herr und Meister; selbst die Diener schienen reichlich gebechert zu haben. Doch gab es eine Ausnahme. Eine junge unscheinbare Frau unter den Dienern schenkte nach und servierte Essen, warf mir aber immer wieder nachdenkliche Blicke zu. Sie war nüchtern, das merkte ich.

Unwillkürlich lenkte ich meinen Blick auf Sharolans rechten Tischgenossen. Er sah mich unentwegt an, und sein Gesicht verriet nicht, was er dachte. Nichts, was in diesem Raum geschah, lenkte den verwünschten Herrn von mir ab.

Da traf ich meinen Entschluß und trat auf ihn zu. »Ich bemerke Euer großes Interesse an mir, mein Herr«, sagte ich. »Darf ich fragen, wer Ihr seid?«

Seine Stimme war tief und ein wenig rauh. »Folge mir!«, versetzte er kurz und schritt in einen ruhigen Nachbarraum, der genauso prächtig wie geschmacklos eingerichtet war. Hier drehte sich der Fremde langsam zu mir herum.

»Ich bin Atlam Oramo, SCD 1068, kaiserlicher Legat am Hofe Herzog Sharolans.«

Auch das noch!

»Ich weiß, daß du Esko abgelöst hast. Und ich weiß, was du mit Lintana besprochen hast.«

»Wie kannst du das wissen?«, entfuhr es mir.

Er lächelte dünn. »Du bist neu bei uns, wie ich merke. Die Societas sieht alles, was du siehst, und hört alles, was du hörst. Ich weiß wohl, daß du versuchst, den Herzog zu täuschen.«

Hier war Leugnen wohl zwecklos.

»Wirst du es ihm sagen?«, fragte ich mit hängenden Schultern.

»Warum sollte ich? Da der Hayrata bei seiner letzten Botschaft nichts dazu gesagt hat, gehe ich davon aus, daß du im Sinne des Kaisers handelst.«

Eine kurze Pause trat ein. Oramo stand mit verschränkten Armen am Fenster und blickte hinaus in die Nacht.

»Bist du in sie verliebt?«

»Meine Gefühle gehen dich nichts an!«, versetzte ich etwas beleidigt.

»Aber ich kann dich fragen, was du über die Herzogin weißt.«

»Im Grunde nichts.«

»Dann sollte ich dich vielleicht aufklären. Lintana ist eine Bedrohung für den, der sich mit ihr abgibt. Ihr Ethikwert beträgt zurzeit schon 20,24 und ist möglicherweise im Steigen begriffen. Daraus errechnet sich jetzt schon ein Nutzungswert von 4,11. Das ist viel zu niedrig, die Frau ist wertlos.«

Ein kalter Schauer lief mir den Rücken herunter.

»Nutzungswert?«

»Für uns bemißt sich der Wert eines Menschen nach seinem Nutzungswert. Und mit dem kann die Dame eben nicht punkten«, erklärte Oramo sachlich.

Vor meinen Augen formte sich jenes Abschiedsbild, das mich so beeindruckt hatte: Lintana im Park, liebevoll ihr Kind kosend. Eine warmherzige Frau, eine liebevolle

Mutter, eine verantwortungsvolle Fürstin! Mit einem Nutzungswert von 4,11!

Oramo schien meine aufgewühlten Gefühle nicht zu bemerken. »Zudem wird sie auch sonst keine Zukunft haben. Ihr Sohn ist ihr Ein und Alles. Wird er neutralisiert, zum Beispiel durch einen Angriff Sharolans, wird auch sie sterben. Sein Vater liebte das Kind nicht, sie aber würde es uns vorziehen.«

Wieder schwieg er.

»Wollt ihr sie töten?«, fragte ich leise.

»Wenn der Hayrata keinen entsprechenden Auftrag bringt, nein.« Wieder lächelte er leicht. »Außerdem bist du der Legat an ihrem Hofe. Wenn sie sterben soll, wirst du es tun.«

»Und wenn ich mich weigere?«

»Du weißt, was mit Esko geschehen ist. Außerdem hast du bei Zweifeln ja immer noch die Möglichkeit, dem Hayrata eine Botschaft an Seine kaiserliche Hoheit mitzugeben.«

Ich traf meinen Entschluß. »Laß mich dir eine offene Frage stellen!«

»Bitte sehr.«

»Kann ich mich auch an den Kaiser selbst wenden?«

»Gewiß. Aber das wäre sehr ungewöhnlich und dumm.«

»Warum?«

»Es ist nicht gut, bei ihm aufzufallen. Wir handeln in seinem Namen in seinen Landen, weil wir überzeugt sind, daß seine Entscheidungen richtig sind. Diese Entscheidungen zu hinterfragen hieße die Loyalität der Societas in Frage stellen. Er ist der Kopf des Reiches, wir sind die Arme.«

»Aber was veranlasst ihn, diesen versoffenen Sharolan zu unterstützen und die Herzogin unter einen solchen Druck zu setzen?«

»Das ist doch offensichtlich: er dient ihm gut. Außerdem hat sie doch nur einzuhalten, was ihr Mann einst versprach. Es ist keine neue Entscheidung ergangen.«

Wieder trat eine kurze Pause ein.

»Tu einfach, was der Hayrata dir sagt«, schloß Atlam Oramo schließlich das Gespräch. »Wie du es tust, ist gleichgültig; was du tust, hast du aber seit dem Augenblick nicht mehr zu entscheiden, in dem du uns beigetreten bist. Und wenn ich dir einen Rat geben darf: rufe nicht nach dem Kaiser. Denn er hört dich, und es mag sein, daß er dann zu dir kommt.« Nach diesen Worten drehte er sich um und begab sich zurück in den Festsaal.

»Artano!«

Bevor ich Oramo folgen konnte, hörte eine leise Frauenstimme zaghaft meinen Namen rufen. Es war die junge Dienerin, die so ängstlich nach mir gesehen hatte.

»Verzeih, wenn ich dich anspreche«, sagte sie, schüchtern auf mich zutretend.

»Was willst du?«

»Du bist, wie ich gehört habe, ein Diener der Herzogin Lintana?«

»Nein, nur ein Gast.«

»Kehrst du zu ihr zurück?«

»Ja.«

»Bitte, nimm mich mit zu ihr. Ich halte es hier nicht mehr aus.«

»Wer bist du denn?«

»Ich heiße Sarova. An den Wachen komme ich allein nicht vorbei, aber wenn ich als deine Begleitung gehe, wird mich keiner aufhalten.«

»Aber ich muß reiten. Wenn du bei mir bist, brauche ich viel länger für die Reise.«

»Ich weiß. Aber dafür kann ich dir helfen.«

»Wie meinst du das?«

»Es gibt manches, das ich weiß und kann. Und du brauchst eine Gefährtin, die dir hilft.«

»Woraus schließt du das?«

»Ich habe das Gespräch zwischen dem Legat und dem Hayrata belauscht, und weiß, daß du noch wenig Ahnung von den Zuständen hier hast. Du kennst deine Feinde nicht, du kennst deine Freunde nicht, und du liebst die Herzogin.«

»Was sagst du da?«

»Glaube mir, mein Herr, ich weiß es. Eine Frau spürt vieles, was euch Männern verborgen bleibt. Ich bin nur eine einfache Dienerin, aber nicht so dumm, wie hier manche glauben. Und ich war nicht immer Dienerin.«

»Was bist du dann?«

Sie trat ans Fenster. »Mein Vater und ich gehörten zu den Kriegsgefangenen des letzten Feldzugs, den Herzog Sharolan unternommen hat. Er war kein Soldat, sondern nur ein einfacher Bauer. Vor zwei Monaten ist er gestorben. Der Medicus wollte Geld, das ich nicht besaß. Ich wandte mich an den Minister, der verwies mich an den Herzog, ich flehte diesen auf Knien an, aber er gab mir kein Geld. Stattdessen schlug er mir ins Gesicht und lachte laut. Herr, dieses Land ist die Hölle! Ich weiß, zu wem du gehörst, aber ich spüre, daß du noch nicht wirklich mit dem Herzen bei ihnen angekommen bist.«

Sarova wandte sich zu mir um.

»Ich spüre es«, bekräftigte sie ihre Worte. »Du kannst die Katastrophe nicht aufhalten! Gehe fort von hier, soweit du kannst, und wenn du willst, nimm die Herzogin und ihren Sohn mit dir über das Meer, in ein Land, in dem es noch gute Menschen gibt. Und nimm mich auch mit. Ich bitte dich!«

Ich war tief bewegt. »Ich verspreche es dir.« Das war alles, was ich hervorbringen konnte.

»Danke dir, danke.« Sie legte die Hand auf ihr Herz. »Laß uns wieder zum Fest zurückgehen. Eine lange Abwesenheit könnte Verdacht erregen.«

Aufgewühlt folgte ich ihr in den Festsaal. Was sich dort mittlerweile zutrug, spottet wirklich jeder Beschreibung. Einige Gäste hatten sich ausgezogen und liebten sich vor den laut lachenden anderen Gästen, die ihrerseits den Wein in sich hineingossen, als wären sie Fässer. Herzog Sharolan goß brüllend vor Lachen Wein über den Kopf einer halbnackten Frau, die diese Geste kreischend erwiderte. Titus hatte die Hose heruntergezogen und pinkelte in den Pokal eines Mannes, der schon bewusstlos auf dem Boden lag. Und an der Wand lehnte nüchtern Atlam Oramo, mit aufmerksamem Blick das Bacchanal dieser verrohten Wahnsinnigen verfolgend. Sein Gesicht verriet nicht, was er dachte. Aber ich bemerkte auch, daß er Sarovas Tun im Blick behielt. Sie servierte weiter, schloß resigniert die Augen, wenn man sie in den Hintern oder die Brust kniff, und bemühte sich, diesen Abschaum zu ignorieren.

Kapitel 7
worin Sharolan die Erfahrung machen muß, daß man sich manchmal leichter mit Alkohol als mit Ruhm bekleckert

Es dauerte noch ziemlich lange Zeit, bis es im Festsaal ruhiger wurde. Allmählich lähmte der Alkohol die enthemmte Gesellschaft doch. Ich atmete auf.

Inzwischen war es tiefe Nacht geworden. Noch war ich

nicht müde, und so begab ich mich wieder zum Festsaal. Dort erwartete mich eine schlafende Menge von Gästen, die teils besudelt, teils halbnackt oder auch ganz nackt herumlagen, schnarchten und schnorchelten. Den Herzog gewahrte ich nicht, ebenso wenig seinen Schatten. Dafür bemerkte ich eine Seitentür neben dem Eingang, die halb offen stand. Kerzenschein leuchtete sanft aus dem Gemach.

Während ich zu diesem Gemach schritt, mußte ich mir Mühe geben, nicht in zermatschte Essensreste oder Lachen von Wein oder Erbrochenem zu treten. Aber schließlich erreichte ich die Tür doch, klopfte vorsichtig an und steckte, als keine Antwort erfolgte, meinen Kopf durch die Tür.

Das kleine Kabinett war ebenfalls überladen mit Schmuck, insbesondere hingen zahllose Geweihe an den Wänden. Die Einrichtung bestand hingegen nur aus einem kleinen Sekretär und einem Tisch, um den sechs Stühle standen. Auf einem von ihnen saß Oramo und blickte sinnend in die Kerzenflamme.

Als er mich erblickte, winkte er mich herein. »Grüß dich, Artano«, versetzte er. »Kannst du nicht schlafen?«

»Nein«, entgegnete ich. »Vielleicht muß ich erst einmal die Eindrücke hier verarbeiten.«

»Meinst du das Fest?«

»Ja. Ich fand es einfach widerlich.«

»Da hast du wohl recht.«

Ich nahm Platz und fragte: »Kommt so was hier öfter vor?«

»Oh ja.« Ein leichtes Lächeln strich über sein Gesicht. »Seine Durchlaucht versteht es zu leben.«

»Na, als Leben würde ich einen solchen Exzeß aber nicht bezeichnen.«

»Man gewöhnt sich dran. So ist es eben: wenn so ein reicher Fürst sich langweilt, kommt immer dasselbe raus.«

»Warum will er dann gegen die Ambar kämpfen, anstatt sich mit Feiern zu vergnügen?«

»Fragen kannst du stellen! Krieg gehört doch seit jeher zum Vergnügen der Großen. Und die Fehde mit den Ambar ist alt, die gehört schon zur guten alten Familientradition der Sharolan-Sippe.«

»Aber dann soll er doch Herzogin Lintana in Ruhe lassen!«

»Das dürfte schwierig sein. Sie kann froh darüber sein, daß man ihr Gelegenheit gibt, ihren Nutzungswert zu steigern. Es gab gestern eine Diskussion am kaiserlichen Hof, ob sie überhaupt noch zum Gebrauch taugt. Manche waren der Meinung, Herzog Sharolan sollte die Provinz Yu Xaturum zum Lehen übernehmen und die Herzogin entmachten.«

»Das verstehe ich nicht. Woher weiß der Hof, daß ihr Mann gestorben ist und sie nun regiert?«

»Von Esko und dir. Sie hat es euch doch gesagt. Was ihr seht oder hört, sagt und tut, erspürt der für euch zuständige Hayrata.«

Gut, daß Oramo mich daran erinnerte. Ich hatte es wahrhaftig vergessen. Wenn ich Lintana helfen wollte, mußte ich sehr vorsichtig sein.

»Wie ist das«, fragte ich, »erspürst du auch, was der Hof sagt?«

»Nein, das nicht. Aber während du mit der Dienerin herumgeturtelt hast, war der Hayrata hier und übergab mir einen Brief mit den nächsten Anweisungen.«

Mein Gefährte griff in die Tasche und legte mir ein zusammengefaltetes Blatt vor. Ich nahm es und las in goldener Schrift auf schwarzem Papier:

TWAYEN655YG1017PTYNCC.

»Das verstehe ich nicht.«

»Du solltest möglichst bald die Sprache lernen, die man bei Hofe spricht.« Wieder zog ein leises Lächeln über Oramos Gesicht. »Sie ist kurz, präzise und nicht halb so ordinär wie hier in Koraman Kasar.«

»Und was steht da?«

»Herzog Sharolan soll darüber unterrichtet werden, daß Herzogin Lintana ihn zu betrügen gedenkt. Ihm wird gestattet, ihre Stadt zu überfallen und sie selbst zu verhaften. Offenbar hattest du deinen Auftrag missverstanden; es war nie die Rede davon, daß du eine Vollmacht als Eskos Nachfolger erhältst. Auch was du mit ihr besprochen hast, muß geklärt werden. Du sollst deine Vorgehensweise erklären, denn du tust so, als stündest du auf ihrer Seite gegen den Kaiser. Das muß ja wohl einen Grund haben.«

Meine Gedanken rasten. Wie konnten soviele Informationen in einer kurzen scheinbar sinnlosen Buchstabenfolge stehen? Zwar begriff ich nicht, wie unser hoher Herr dachte, aber daß man mir allmählich auf die Schliche kam, war wohl sehr eindeutig.

»Natürlich hat es seinen Grund!«, gab ich mich selbstbewußt. »Hast du nicht selbst gesagt, ich könne meine Arbeit tun, wie ich wolle, wenn nur das Ergebnis stimme?«

»Das ist richtig, mein Freund. Aber um dich in einer bestimmten Situation sinnvoll einsetzen zu können, muß man dich besser kennen. Ich nehme an, daß bald ein Hayrata kommt, um dich zu prüfen.«

»Davor habe ich keine Angst!«, versetzte ich ängstlich.

»Naja, dann wünsche ich dir mal eine gute Nacht.«

»Schlaf gut, mein Freund.«

Mit wackeligen Knien verließ ich das Gemach, während sich Oramo wieder konzentriert der Kerzenflamme zuwandte.

Was sollte ich nun tun? Eigentlich konnte ich gar nichts mehr tun. Was immer ich unternahm, die Societas wußte es in dem Moment, in dem ich es tat, und wenn ich mich noch mehr für die Herzogin einsetzte, dann würde ich gemeinsam mit ihr enden. Und warum das alles? Weil Lintana nicht so benutzt werden konnte, wie man sich das vorstellte? Wie hatte es nur zu dieser gräßlichen Bewertung für Menschen kommen können? Wußten diese Verbrecher denn gar nichts von der Seele lebender Wesen, von Liebe, Zuneigung und Würde? Hatten sie denn nicht über meine Augen bemerkt, wie die schöne Frau ihren kleinen Sohn im Park herzte? Hatten sie nicht bemerkt, daß mein Herz für sie schlug, für sie, die mir mißtraute und niemals meine Freundin werden würde?

In was war ich nur hineingeraten? Ich war Mitglied einer Gesellschaft, die ich nicht kannte und deren Prinzipien, soweit ich sie kannte, mich anwiderten. Für einen fremden Kaiser, der mir nichts bedeutete, und einen Abschaum im Herzogsgewande verriet ich alles, wofür ich in meinem kurzen Leben stand. Fast hätte ich bitter aufgelacht bei dem Gedanken, daß ich in meinem früheren Leben ein Mörder gewesen war, ein so schlimmer, daß man mich das Wasser des Lethe trinken ließ, weil mich das Bewußtsein meiner eigenen Verruchtheit sonst umgebracht hätte. Was immer ich begangen haben mochte- dies war wohl die würdige Fortsetzung.

Vor dem Schlosse angekommen, stand ich kraftlos an die Säule gelehnt und starrte flehend zum Mond hinauf, als ob er mir raten oder helfen könne. Ich konnte ja nicht einmal laut beten, ohne daß die Societas es erfuhr. Aber ich flehte lautlos zu den Sternen empor, beschwor in stummer Verzweiflung eine Macht, die ich nicht kannte, und rief sie zum Widerstand gegen dieses Gesindel auf. Ohne mich äußerlich zu bewegen, rang ich die Hände und kämpfte um den letzten Funken der Hoffnung wie vielleicht noch nie in meinem Leben. Und dabei gab ich mir redlich Mühe, nicht loszuschluchzen, weil man auch dies erfahren hätte.

Plötzlich löste sich aus dem Schatten der Arkaden eine Gestalt und kam auf mich zu. Es war Sarova, die offensichtlich schon länger dort gestanden hatte.

»Sage mir, Herr«, begann sie bescheiden, »brichst du morgen auf?«

»Wahrscheinlich nicht morgen«, antwortete ich. Sharolan mußte ja erst einmal sein Heer zusammenrufen, und das würde bestimmt mehrere Tage dauern.

»Ich möchte gerne etwas spazieren gehen, aber du weißt ja, wie ich angefaßt wurde«, fuhr sie fort. »Magst du mich begleiten und eine schwache Frau beschützen?«

Eine schwache Frau? Wie kam sie denn auf einen solchen Gedanken? Aber ich nickte, bot ihr meinen Arm, und so wanderten wir friedlich durch den Park, aus diesem heraus in die Stadt und zum Tor.

Plötzlich wisperte Sarova: »Vielleicht ist es noch nicht zu spät. Lenk sie ab und paß auf, daß keiner mich sieht! Sprich nicht über diese Stunde!«

In diesem Moment ertönte ein schrilles lautes Pfeifen. Ein trüber Lichtstrahl traf mich, dann näherte sich mir ein Nachtwächter mit einer flackernden Laterne und einer Hellebarde.

»Wer da?«

Für einen Moment zögerte ich, denn ich hatte mit Sarovas Worten nicht gerechnet. Dann besann ich mich und antwortete möglichst ruhig: »Ich bin es, mein Freund. Dreh mal die Laterne weg; sie blendet mich.«

»Ich drehe die Laterne weg, wenn ich es für richtig halte!«, versetzte mein Gegenüber giftig. »Und dein Freund bin ich nicht, merk dir das! Wie heißt du, und warum schleichst du nachts hier herum?«

»Ich bin Artano, der kaiserliche Legat, SCD 7747. Was ich hier mache, geht dich gar nichts an.«

Für einen Augenblick schwieg der Wächter verblüfft. Dann entgegnete er: »Das habe ich nicht gewusst. Es wäre gut gewesen, wenn man Euch davon unterrichtet hätte, daß nächtliches Spaziergehen am Tor nicht gern gesehen ist, Herr. Wollt Ihr die Stadt verlassen?«

»Nein, möchte ich nicht. Ich möchte mir nur in Ruhe die Stadt ansehen.«

»Dann bitte ich um Verzeihung, Herr.«

»Die sei dir gewährt. Wie heißt du denn?«

So verwickelte ich den Mann in eine kurze Unterhaltung, bis mir schien, daß meine Begleiterin nun weit genug entfernt war. Zum Abschied schlug ich dem Wächter noch jovial auf die Schulter und begab mich zurück zum Palast. Sarovas Verschwinden hatte ich nicht beobachtet, also konnte auch die Societas nicht bemerkt haben, daß die Dienerin sich durch das Tor geschlichen hatte.

Herzog Sharolan strahlte über das ganze Gesicht, als er am Mittag des darauffolgenden Tages seinen Rat zusammenrief, um über die neue Botschaft des Hayrata zu berichten. Auch Oramo und ich wohnten dieser Sitzung bei. Während Titus mit grünem Gesicht auf seinem Platz hockte und seine Übelkeit zu verbergen trachtete, war dem Fürsten nichts anzumerken. Er erklärte, daß er seine Generäle angewiesen habe, das Heer binnen zweier Wochen zu versammeln; er werde diese Hure Lintana angreifen. Es ist nicht wiederzugeben, mit welch vulgären Schimpfworten er sie bedachte. Obwohl er nicht provoziert worden war, sprach er von ihr in Ausdrücken, die mir wohl zeigten,

daß ihm jede, aber auch wirklich jede Achtung vor Frauen abging. Ich kann mich nicht erinnern, jemals einen so abstoßenden Menschen gesehen zu haben.

Wir Mitglieder der Societas schwiegen, während die Räte durcheinander schrien. Schließlich gebot der Herzog Ruhe, befahl die Generäle zu sich und erteilte ihnen seine Befehle. Nachdem sie abgetreten waren, ließ er Wein kommen, und das nächste Besäufnis begann. Im Gegensatz zu gestern beteiligte sich Titus diesmal nicht am Trinken, sondern zog sich unauffällig zurück. Als ich mich mit einer tiefen Verbeugung ebenfalls zurückzog, bemerkte ich, daß der Platz neben mir frei war. Auch Oramo legte offenbar keinen Wert auf die Saturnalien an diesem Hof…

Über die letzten Ereignisse habe ich nur sehr knapp berichtet. Das ist nicht ohne Grund geschehen. Es mag die eine oder den anderen wohl interessieren, wie sich dieses Pack beim Fest entwürdigte, wie Titus mit seinem Kater aussah oder Herzog Sharolan in einem Maße fraß und soff, wie ich es nie bei einem Menschen für möglich gehalten hätte. Er ließ sich auch Dienerinnen kommen, die er nacheinander bestieg. Hinterher mußten sie schwerverletzt auf Bahren fortgetragen werden. Wie es schien, war der Fürst also doch nicht der impotente Maulesel, als der ihn Esko bezeichnet hatte. Ich kann gar nicht sagen, wie sehr mich dies alles abstieß, deswegen halte ich mich bei diesem Punkte auch nicht länger auf.

Nunmehr mied ich den Palast und beobachtete draußen an der frischen Luft, wie sich immer mehr Männer fanden, registrieren ließen und dann vor der Stadt auf dem freien Felde kampierten. Eines muß man dem Herzog lassen: er ließ sich nicht lumpen, wenn es um die Bezahlung von Söldnern ging. Das Lager wuchs und wuchs, weil stündlich immer weitere Gruppen von Söldnern eintrafen. Ich bezweifelte nicht, daß ein Heer, bestehend aus seinen Mannen und den Bauern der Herzogin Lintana, den Ambar deutlich zu schaffen machen konnte. Andererseits konnten die Ambar aber auch nicht schwach sein, denn sonst hätten die Söldner doch wohl ausgereicht? Wenn dem so war, dann stand ein blutiger Krieg bevor!

Mit solchen Gedanken im Kopf schlenderte ich durch das Feldlager und beobachtete das Tun und Treiben. Waffenschmiede arbeiteten rund um die Uhr, besserten Schwerter, Äxte, Morgensterne und anderes aus, stellten Waffen her und verkauften sie mit gutem Gewinn. Marketenderinnen fanden sich ein und boten allerlei feil. In großen dampfenden Kesseln brodelte Wasser für Suppen. Eigentlich fand ich dieses Feldlager ganz interessant. Vielleicht hätte ich mich hier auch wohlgefühlt, wenn ich nicht gewußt hätte, gegen wen sich dieser Feldzug richtete. Aber mir war klar, daß ich nichts mehr ausrichten konnte. Bald würde ich mich für mein Handeln rechtfertigen müssen. Und was immer ich unternommen hätte- es wäre der Societas bekanntgeworden, da alles, was ich sagte und tat, von ihr bemerkt wurde.

Armer Esko! Jetzt begriff ich, warum er mir nichts hatte mitteilen wollen. Ich sollte gar nicht erst Lust bekommen, dieser Gemeinschaft beizutreten. Mit seiner Einstellung wäre er früher oder später gestürzt, auch wenn ich nicht mit meiner Ungeschicklichkeit dazu beigetragen hätte.

Das stimmt, Artano. Du wolltest mehr wissen, als dir zustand. Aber verschwendest du nur einen Gedanken an die Frage, wie schwer die Antworten auf deine Fragen gewogen hätten? Merkst du nicht, daß du von Masken umgeben bist und Esko stürzte, weil er seine nicht trug? Jetzt ist es zu spät umzukehren. Ich bin dir schon ganz nah. Wenn ich meine Hand erhebe, kann ich sie auf deine Schulter legen. Und du merkst es nicht einmal.

Bald darauf hatte sich das Heer in Bewegung gesetzt und verließ Koraman Kasar.

Die Sonne schien vom Himmel. Hätte man hier im Freien frühstücken wollen, es wäre ein Genuß gewesen. Ich staunte, wie warm es hier war.

Als die Hauptstadt aus meinem Blickfeld verschwand, atmete ich auf. Ein leichter Wind streifte über die Felder, zwischen denen sich hier und da Gebüsch fand. Ein kleines Bächlein plätscherte am Weg, den wir nach Yu Xaturum einschlugen.

Man sprach wenig. Vor allem vernahm ich das Rascheln der Stiefel auf dem Wege, denn der größte Teil des Heeres bestand aus Fußvolk. Auf Pferden sitzen durften nur wenige: Herzog Sharolan und seine Generäle eher an der Spitze des Zuges, Atlam Oramo und ich weiter hinten. Ich staunte, daß das Pferd den Fürsten so ohne weiteres tragen konnte, denn sein Gewicht schien mir beträchtlich zu sein.

Schon bald überschritten wir die Grenze nach Yu Xaturum. Hier wurde die Gegend waldiger, was die Möglichkeit überraschender Überfälle auf uns natürlich beträchtlich erhöhte. Deswegen durfte nun nicht mehr gesprochen werden. Dies alles hatte ich Sharolan nicht zugetraut. Er entwickelte auf diesem Feldzug eine Spannkraft, die ganz im Gegensatz stand zu der alkoholgeschwängerten exzessiven Lebensweise, die ich an ihm kennengelernt hatte. Ebenso fiel mir auf, daß er Oramo nicht befragte und seinen Schatten Titus gleich ganz zu Hause ließ. Vermutlich war er einmal ganz anders gewesen, bevor er dem Suff und dem Wohlleben verfiel, aber das dürfte eher seinen Geist, nicht seinen Charakter betroffen haben.

Ob sein guter Freund Herzog Asliba wohl ebenso gewesen war? Dies würde erklärt haben, warum Lintana nicht um ihren Mann getrauert hatte.

Als wir die Hauptstadt erreichten, ließ Sharolan einen Ring von Soldaten um die Stadt ziehen. Niemand hinderte ihn daran, im Gegenteil: wir hatten nicht einmal Bauern auf dem Feld gesehen. Bisweilen brach einer der Söldner eins der Bauernhäuser auf dem Weg auf, aber er fand niemanden. Alles schien wohlgeordnet an seinem Platz zu sein, aber wir gewahrten weder die Bevölkerung noch etwas zu essen.

»Ich verstehe das nicht«, versetzte einer der Generäle stirnrunzelnd. »Die sind geflohen.«

»Das kann nicht sein!«, polterte der Herzog. »In so kurzer Zeit?«

»Wenn sie gewarnt wurden, wäre das möglich.«

Der Fürst antwortete nicht, sondern gab seinem Pferd Druck. So ritten er und sein Stab in den prächtigen Park des Schlosses und trabten quer über die Blumenbeete, bis sie vor dem Eingang standen. Dann zogen sie ihre Schwerter und traten ein, nachdem Sharolan Oramo und mir gewunken hatte mitzugehen.

Der General hatte recht. In den Räumen des Schlosses fand sich niemand mehr. Alles schien eben erst verlassen worden zu sein, und man hatte offenbar nichts mitgenommen mit Ausnahme des Essens und der Wertgegenstände.

Es war sehr still, als sich der Herzog auf Aslibas Thron setzte. Nachdenklich starrte er vor sich nieder. Dann winkte er uns zu sich.

»Atlam, ich habe eine Frage an Euch.«

»Bitte sehr.«

»Habt Ihr eine Erklärung für all das hier?«

»Wie könnte ich?«

»Ihr stimmt mir doch wohl zu, daß wir jemanden hier gefunden hätten, wenn sie nicht gewarnt worden wären?«

»Das ist wahrscheinlich.«

»Könnte die Societas so etwas getan haben?«

»Ich denke nicht«, versetzte Oramo, »welchen Sinn hätte es gehabt, Euch hierherzulocken? Es ging darum, Euer Heer für den Feldzug gegen die Ambar zu füllen. Eure Gegnerin war hierzu nicht bereit, also gestattete man Euch, Euch selber zu helfen.«

»Vielleicht habt Ihr den Hayrata mißverstanden?«

»Das ist unmöglich. Seine Anweisung war unmißverständlich und zudem schriftlich niedergelegt.«

»Wie kommt es dann, daß sich niemand hier befindet?«

»Ich weiß es nicht.«

»Wenn es zum Beispiel geschah, um mich in eine Falle zu locken?«

Der Ton des Fürsten gefiel mir nicht. Ich merkte, daß er immer aggressiver wurde und sich noch Mühe gab, sich zu beherrschen. Sein Plan war gescheitert, und nun suchte er einen Schuldigen. Hätte er mich gefragt und ich den Willen gehabt, ihm zu antworten, hätte ich das Rätsel wohl leicht lösen können: ich war mir sicher, daß Sarova das Gespräch zwischen Oramo und mir belauscht und die Stadt verlassen hatte, um die Herzogin zu warnen. Da sie gehörte hatte, daß ich nichts unternehmen konnte, ohne daß die Societas davon erfuhr, hatte sie ihren Plan mit mir nicht besprochen.

»Welche Falle meint Ihr, Durchlaucht?«

»Kommt, kommt, Atlam! Mimt nicht den naiven Trottel, diese Maske paßt nicht zu Euch! Niemand von den Palastangehörigen konnte die Stadt verlassen, bevor wir loszogen, dafür habe ich gesorgt. Außerdem würde sich niemand trauen, bei mir zu spionieren; darauf steht der Strang. Das wissen alle. Von den Palastangehörigen kann die Warnung an dieses Weibsstück nicht ergangen sein!«

»Verstehe ich das richtig, daß Ihr mich beschuldigt, es getan zu haben?«, fragte Oramo gelassen.

Sharolan beugte sich auf seinem Thron vor. »Und wenn ich es täte, was würdet Ihr antworten? Meint Ihr, ich wüßte nicht, was meine Untertanen denken? Es gibt nur eine Gesellschaft, bei der ich es nicht weiß, und das ist Euer intriganter undurchsichtiger Verein, die Societas; das wißt Ihr ganz genau! Vielleicht sollte ich hier von Euch in eine Falle gelockt werden?«

»Darf ich offen sprechen, Durchlaucht?«

»Ich bitte darum!«

»Wenn es Seiner kaiserlichen Hoheit gefallen würde, Euch gefangenzunehmen oder zu töten, könnte das mit Leichtigkeit überall und jederzeit geschehen; dazu bedürfte es keiner Falle. Im übrigen sind die Einwohner von Koraman Kasar wie auch von Yu Xaturum seine Untertanen, nicht Eure. Ihr seid lediglich sein Lehnsmann.«

Herzog Sharolan schnappte nach Luft. Wer weiß, ob er je etwas anderes als Schmeicheleien gehört hatte. Mit Sicherheit regten ihn nicht nur die Worte meines Gefährten auf, sondern auch die Ruhe, mit der sie gesprochen wurden. Langsam stand er auf. Würde er jetzt losschreien oder handgreiflich werden? Nein, das geschah nicht. Er entgegnete lediglich nach einer Pause: »Atlam, laßt Euch das eine sagen: wenn ich herausfinde, daß Ihr es wart, der meine Pläne durchkreuzt hat, Ihr oder dieser Hänfling, der da neben Euch steht und mich anglotzt, dann laß ich Euch beide hängen! Dann gibt es Krieg zwischen mir und der Societas. Habe ich mich klar genug ausgedrückt?«

Oramo neigte zustimmend den Kopf. Für einen Moment gewahrte ich ein verächtliches Lächeln auf seinen Lippen.

»Ab sofort lasse ich Euch beobachten«, fuhr Sharolan fort, »also nehmt Euch in acht!«

Nach diesen Worten rauschte er zur Tür hinaus. Und der Hänfling, der neben Oramo stand und den Fürsten angeglotzt hatte, atmete auf.

Kapitel 8
berichtet von einem mißlungenen
und einem gelungenen Gespräch

Die folgenden Tage waren von einer dumpfen drückenden Stimmung bedeckt. Der Krieg war ausgefallen, Herzog Sharolan konnte seinen Feldzug gegen die Ambar bis auf weiteres vergessen und mußte nun eine Entscheidung treffen, was er tun sollte.

Nach drei Tagen intensiver Suche, in der man nicht einen einzigen Menschen fand, berief er seinen Rat aus Generälen ein und lud auch Oramo und mich dazu. Sicher hätte er liebend gerne darauf verzichtet, aber ihm war bewußt, daß er ohne die Mitwirkung der Societas Dominorum schnell gegen den Willen des Kaisers handelte. In gewisser Weise waren wir ja dessen Botschafter, und so konnte er uns nicht ignorieren.

Also versammelten wir uns im großen Ratssaal, der allmählich nach Urin zu stinken begann, denn die Generäle pinkelten einfach gegen die Wand. Daß sich aber eine neue Orgie abzeichnete, mußte ich nicht befürchten, denn der Fürst war nüchtern. Finster gebot er uns, Platz zu nehmen, und setzte uns dann die Lage auseinander.

Eigentlich konnte er ja nur eines tun: er mußte heimkehren, schon um die Versorgung seiner Truppen mit Essen zu gewährleisten. Aber da gab es eine Schwierigkeit: wie sollte er die Söldner bezahlen, deren Lohn er ja von den Plünderungen beim besiegten Feind zu finanzieren gedachte? Mit der derzeitigen Heeresstärke konnte er die Ambar nicht angreifen, in Yu Xaturum war nichts zu holen, und ein Angriff auf andere Provinzen wie Haytan al Shedihn hätte ihn ohne die kaiserliche Erlaubnis zum Rebellen gegen die Krone gemacht.

»So hat mir denn das Dekret des Hofes keine Gerechtigkeit gebracht«, schloß er seine weitschweifige Ansprache, »und jetzt möchte ich wissen, Atlam, wie Ihr diese Machtlosigkeit des Kaisers erklärt!«

»Das ist keine Machtlosigkeit, Durchlaucht«, entgegnete Oramo gelassen, »die Erlaubnis ging von der Voraussetzung aus, daß Euer Freund, Herzog Asliba, noch lebe und Euch unterstütze. Der Hayrata konnte von seinem Tode nichts wissen. Daß der Nutzungswert seiner Witwe viel zu niedrig ist, konnten wir bis dahin übersehen, weil sie unwichtig war. Das hat sich jetzt geändert. Sie liebt den Krieg nicht und verweigert Euch daher den Gehorsam. Ihr habt das Recht erhalten, sie dafür zur Rechenschaft zu ziehen. Daß Euer Plan verraten wurde, ist nicht unsere Schuld. Manchmal laufen die Dinge eben nicht so, wie sie sollen.«

»Was Ihr nicht sagt! Und was soll ich jetzt machen?«

»Entscheidet das selbst. Bis jetzt hat die Krone Eure Absichten unterstützt, und Ihr habt Euch auch nicht ein einziges Mal dankbar gezeigt.«

»Dankbar soll ich sein? Weil ich mir für alles, was ich vorhabe, Eure Erlaubnis holen soll? Glaubt Ihr, Ihr könntet mich wie irgendeinen Gefolgsmann behandeln?«

»Nein. Ich bestimme nichts; ich bin lediglich Legat des Hofes. Die Entscheidung, Krieg zu führen, habt Ihr ganz allein getroffen. Jetzt müßt Ihr die Folgen Eures Tuns tragen. Ihr seid ein erwachsener Mann, der wissen sollte, daß man für sein Handeln einzustehen hat.«

Herzog Sharolan beugte sich vor. Seine Stimme zitterte vor Wut, als er antwortete: »Hör zu, du Hund, wenn du weiter mit mir in diesem Ton sprichst, laß ich dich auspeitschen, ganz gleich, in wessen Auftrag du hier stehst! Ich bin aus einem alten Adelsgeschlecht, und ich lasse mich nicht von einem Köter schulmeistern! Haben wir uns verstanden?«

Oramo blieb gelassen. »Ich habe Euch sehr gut verstanden. Ihr sucht einen Sündenbock für Euer Versagen. Ich werde Euch nicht den Gefallen tun, diesen zu spielen. Und Ihr werdet mich nicht anrühren, sonst lasse ich Euch hier und jetzt die Macht der Societas Dominorum spüren. Entscheidet, was Ihr in dieser Situation zu tun habt, aber ich verlasse Euch jetzt. Wenn mich jemand auch nur berührt, ist es Euer Tod, Durchlaucht. In nomine societatis. Komm, Artano!«

Würdevoll schritt er durch die Reihen der Wachen, die bei seinen letzten Worten angstvoll zurückwichen. Ich beeilte mich, mich ihm anzuschließen. Da sprang der Fürst vom Thron auf und schrie: »Halt! Der da bleibt hier, als Geisel! Solange, bis der Kaiser persönlich mit mir redet! Wachen, haltet ihn auf!«

Doch dies taten sie nicht. Ungehindert verließen wir den Ratssaal und gelangten aus dem Schloß hinaus in den Park

Welche Wohltat! Die Sonne schien hell und strahlend; die Blumen aus den teilweise verwüsteten Beeten leuchteten bunt und dufteten betörend. Vogelgezwitscher erklang als süße Musik, die auch das heisere Geschrei des Verbrechers nicht zum Verstummen bringen konnte.

Oramo hatte es nicht besonders eilig. Er nahm auf einer der Bänke Platz und lud mich mit einer Handbewegung ein, es ebenso zu tun.

Für einen Moment lauschten wir dem Gezwitscher und blickten zum Feldlager, das man außerhalb des Parks errichtet hatte. Schließlich hielt ich es nicht mehr aus und unterbrach die Stille.

»Atlam?«

»Hm?«

»Darf ich dich etwas fragen?«

»Gewiß. Was du willst.«

»Ich verstehe den Herzog nicht. Warum ist er so aggressiv gegen dich? Er würde bei ruhiger Überlegung doch sicher eine Lösung für sein Problem finden.«

»Nun ja…« Er zögerte kurz. »Weißt du, Sharolan ist längst nicht mehr das, was er mal war. Er hat einmal zu den zuverlässigsten Fürsten des Reiches gehört; sein Nutzungswert überstieg den seiner Mitmenschen bei weitem. Aber er wurde krank, mißtrauisch und aggressiv. Sein Verfolgungswahn trieb ihn zum Gedanken, seine alten Feinde, die Ambar, seien schuld am Unglück seines Lebens. Das ist teilweise sogar richtig; sie haben in früheren Kriegen seinen Vater und seinen Großvater getötet. Aber dabei hat er verdrängt, daß es immer Koraman Kasar war, das mit den Feindseligkeiten begann. Er hat sich in die Vorstellung hineingesteigert, daß ihm die Ambar das ganze Leben versaut hätten und er sie nun ausrotten müßte, um seinen Frieden zu finden. Dafür würde er alles tun. Nur reden würde er nicht mit ihnen. Er fühlt sich von allem und jedem bedroht und erstickt seine Angst im Alkohol, wodurch es natürlich noch schlimmer wird. Ja, und jetzt hat er versucht, eine Entscheidung zu erzwingen und nicht bedacht, daß sein Plan nicht zwingend aufgehen muß. Morgen endet der Monat, und da wird er seinen Söldnern erklären müssen, warum sie kein Geld bekommen.«

»Das alles kommt mir vor wie ein Kartenhaus, das in sich zusammenfällt«, meinte ich nachdenklich.

»So ist es auch. Dieser Mann stirbt und will es nicht wahrhaben.«

»Fast könnte er mir leidtun.«

»Ach wo, warum denn? Sein Nutzungswert ist kaum meßbar, er ist eine völlig überflüssige Existenz. Wen kümmert´s, ob er stirbt oder nicht?«

Als Oramo diese Worte sprach, verspürte ich eine Gänsehaut. Nicht nur wegen dieser gräßlichen Sicht, die den Wert eines Menschen auf seine Leistungsfähigkeit reduzierte, sondern auch wegen des Tons, in dem diese Worte gesprochen wurden. Es lag keine Häme oder Aggression darin. Dieser Mann war überzeugt von dem, was er sagte, und der kühle analytische Ton machte mir angst. Ein brillanter Intellekt ohne jedes moralische Gefühl- dieser Mann war gefährlich, und wenn der Kaiser auch so dachte, mußte das alles in einer Katastrophe enden!

Nach einer Pause tastete ich mich vor: »Sag mir eins, Atlam. Ganz ehrlich!«

»Was ist denn?«

»Hast du je einen Menschen geliebt?«

»Geliebt? Wie kommst du darauf?«

»Naja, wenn ich eine Frau und Kinder hätte, dann würde ich doch nicht darauf schauen, wie gut sie meinen Zwecken dienen, sondern ich würde sie lieben, weil sie meine Familie wären.«

»Davon gehe ich mal aus. Andernfalls wäre es ja wohl die Hölle, oder?«

»Das meine ich nicht. Ist dir nie der Gedanke gekommen, daß ein Mensch mehr sein kann als die Summe seiner Leistungen?«

»Doch, das ist er. Natürlich denke ich so.«

»Warum wirfst du dann aber mit den Begriffen Nutzungswert und Ethikwert um dich? Kannst du dir nicht vorstellen, was es bedeuten würde, wenn kein Mensch mehr seinem Gewissen folgte? Wenn er nur noch tut, was der Mächtige ihm sagt? Wenn dieser Mächtige ein Bösewicht ist? Ohne Liebe, Gewissen und Toleranz ist er doch kein Mensch mehr!«

Oramo blickte mich nachdenklich an. Schließlich versetzte er: »Solche Gedanken widersprechen den Prinzipien der Societas Dominorum. Wenn wir dies zuließen, wäre der Gehorsam der Untertanen gegenüber dem Kaiser nicht mehr gewährleistet. Sarova, diese Dienerin, mit der du geturtelt hast, hat ja so wie du gedacht, als sie mit deiner Hilfe die Herzogin Lintana warnte. Damit wandte sie sich gegen die Anordnungen der Krone.«

Mir blieb die Luft weg. »Was denn, du weißt es?«

Oramo lächelte kurz. »Aber ja. Sie hat sich nicht gut versteckt, als sie uns belauschte.«

»Aber du hast sie nicht aufgehalten.«

»Nein, das habe ich nicht.«

»Obwohl du ahntest, was sie vorhatte?«

Er nickte.

»Dann hast du ein großes Blutvergießen verhindert. Du hast einen Krieg verhindert. Also hast du doch ein Gewissen?«, rief ich erleichtert aus.

Noch einmal blickte Oramo mich nachdenklich an, dann stand er auf.

»In dieser Nacht bekam ich Besuch vom Hayrata«, versetzte er, ohne auf meine Worte einzugehen. »Du wirst bald vor dem Kaiser stehen. Darauf solltest du dich vorbereiten. Dafür befreit dich der Hayrata von allen Pflichten, bis du vorgeladen wirst. Erhol dich erstmal von all dem hier.«

»Was denkst du, was geschehen wird?«

»Ich weiß nur, was nicht geschehen wird. Der Krieg gegen Herzogin Lintana und die Ambar ist ins Wasser gefallen. Laß dir das fürs erste genug sein.«

Mit diesen Worten gab er mir die Hand, und auf einmal trat ein strahlendes Lächeln auf sein Gesicht. Dann drehte er sich um und verließ mich. Ich aber sonnte mich in der Gewißheit, daß Herzogin Lintana, die Frau, die ich verehrte, in Sicherheit war.

Kapitel 9
erklärt überzeugend, warum Herzog Sharolan keine weiteren Kriege mehr führte und warum ein Gang zur Toilette folgenreich sein kann

Tiefliegende Wolken ziehen über den Himmel. Leiser Donner rollt über die Landschaft, und ein unangehm warmer Wind streicht über den kargen ausgedörrten Boden. In dieser Einöde gibt es weder Wasser noch Bäume, nur verkrüppelte Dornenbüsche, die keinerlei Grün zeigen. Aber so trostlos die Landschaft auch sein mag, das wäre noch zu ertragen, wenn nicht die Schreie wären, die aus weiter Ferne zu mir herüberklingen. Ein Mensch stößt sie aus, voller Qual und Schmerz. Dann enden sie in einem Röcheln. In der Entfernung fährt ein Konvoi von Militärfahrzeugen vorbei. Mit Mühe kann ich die khakifarbenen Uniformen der Soldaten sehen. Nun verebbt auch das Motorengeräusch und läßt dem Rauschen des Windes wieder den Platz.

Während ich noch unschlüssig hier stehe, bemerke ich auf einmal etwas Purpurrotes auf dem nächsten Hügel. Es ist ein

*altertümlicher Thron, mit Samt und Gold geschmückt. Und
plötzlich legt sich eine Hand auf meine Schulter. Es ist soweit!
Er hat mich gefunden!*

Schweißgebadet erwachte ich aus meinem Alptraum. Warum hatte ich nur so schlecht geschlafen, wo doch nun alles gut stand? Ich hatte diesmal im Freien geruht, auf einem Hügel oberhalb des Feldlagers. Nun, zumindest eines war real geworden: dunkle Gewitterwolken hingen am Himmel, aber es regnete, blitzte oder donnerte nicht. Unten wimmelten die Söldner wie Bienen am Stock.

Plötzlich fiel mir auf, daß sie ihre Sachen packten, dabei aber die Zelte und das Kriegsgerät stehen ließen. Was mochte dies bedeuten? Offenbar schickten sie sich an zu gehen. Wie es aussah, hatte Herzog Sharolan seine Entscheidung getroffen und sie entlassen. Was konnte er auch sonst tun? Spähtrupps aussenden, um nach Herzogin Lintana und ihrem Volk zu forschen? Sie konnten ja überall hingegangen sein. Zudem wurde das Essen knapp; man konnte also hier nicht bleiben.

Ich begab sich vom Hügel herunter am Feldlager vorbei in den Palast. Lust, mit dem Fürsten zu reden, hatte ich nicht, aber ich gedachte mir die Antworten von Oramo zu holen, der als kaiserlicher Legat in Koraman Kasar über alles doch eigentlich Bescheid wissen sollte.

Als ich zum Thronsaal gelangte, standen die Flügeltüren weit offen, und keine Wache hinderte mich am Eintreten.

Welch ein Durcheinander! Tische waren umgestürzt worden, Kerzenleuchter hatte man aus der Wand gerissen und die prächtigen Fenster des Saales teilweise zerschlagen. Und in der Mitte des Raumes lag in seinem Blute Herzog Sharolan!

Ich trat näher und sah, daß seine Brust durchlöchert war von unzähligen Stichen. Seine Augen standen weit offen und spiegelten die Qual wider, die er bei seiner Ermordung empfunden haben mußte. Was er den Ambar, was er Lintana hatte antun wollen, war ihm nun selbst widerfahren. Welche Angst muß er ausgestanden haben, als er seinen völlig verrohten Söldnern erklären mußte, daß ein Rückzug wegen Essensmangels erforderlich sei und daß es kein Geld gebe. Diese Leute besaßen nicht die Geduld von Soldaten anderer Armeen, die sich lange bereitfanden, ohne Kriegssold zu kämpfen.

»Der Krieg ernährt den Krieg.« Dieser Satz kam mir in den Kopf. Wäre das Heer stark genug gewesen, um die Nachbarn zu überfallen und auszuplündern oder gar gegen die Ambar zu Felde zu ziehen, wäre dieses perverse Prinzip auch hier aufgegangen. Aber auch dies war nicht möglich gewesen. Herzog Sharolan hatte sich mit seinem planlosen Vorgehen in der Gewißheit seines Sieges selbst den Untergang bereitet.

Langsam und nachdenklich verließ ich den Thronsaal. Dieses Abenteuer war zu Ende. Mich hielt hier nichts und niemand mehr, denn zum einen war ich ja beurlaubt, zum anderen gab es keinen Grund, die mögliche Rückkehr der Herzogin Lintana abzuwarten. Sie erwiderte meine Gefühle nicht.

Ich brauchte nicht lange, um mich zu entscheiden. Yu Xaturum bot nichts; ich wollte es verlassen und beschloß daher, ostwärts in Richtung Meer zu ziehen. Dort kannte mich niemand als den »Mörder«. Vielleicht gelang es mir ja, auf einem Schiff anzuheuern und dieses unselige Land zu verlassen. Niemand würde mich hier vermissen; fehlen würde ich höchstens der verdammten Societas, und das wäre mir herzlich gleichgültig. Kein Kaiser, kein Oramo, kein Kriegszug!

Noch heute kann ich mir nicht erklären, was dann geschah. Das Wasser des Lethe hatte eine große Zäsur in meinem Leben bewirkt; nun sollte es schon die nächste geben, nur weil ich mich auf dem Topf entleeren wollte. Hätte ich mich in die Büsche geschlagen, dann wäre das folgende nicht passiert! Stattdessen aber begab ich mich unwissend in ein Seitenkabinett, wo sich, wie ich am Vortag gesehen hatte, ein Toilettenstuhl befand. Nachdem ich mich darauf als überaus produktiv erwiesen hatte, kehrte ich in den Thronsaal zurück- und blieb verwirrt im Saale stehen.

Er hatte sich verändert. Über die beiden Seitenwände zogen sich nun niedrige, aber breite Fensterreihen, durch die ich den drohenden Gewitterhimmel bemerkte. Das Chaos der umherliegenden Möbel und Gegenstände sowie der Leichnam Herzog Sharolans fehlten; dafür gewahrte ich ein kompliziertes sehr schönes Mosaik auf dem Boden. Entlang der Wände führte eine Stufe, die man besteigen mußte, um aus den Fenstern sehen zu können, zwischen denen sich kunstvoll gestaltete Säulen mit zierlichen Kapitellen zeigten. Die offenen Eingangstüren, durch die ich den geschändeten Park hatte sehen können, waren nun geschlossen. Der Thron auf der anderen Seite sah noch genauso aus wie bisher, nur daß er jetzt mit schwarzem Samt bezogen war, auf dem eine prächtige Goldstickerei leuchtete. Dieser Ausdruck ist richtig gewählt; sie leuchtete, und zwar so stark, daß der ganze dunkle Saal davon erhellt wurde, denn Kerzen oder sonstige Leuchten waren nicht mehr vorhanden. Eine tiefe feierliche Ruhe herrschte im Thronsaal, nur unterbrochen vom lang nachhallenden Klacken meiner Stiefelabsätze.

Auf dem Thron saß ein Mann, der mir mit einer Geste bedeutete, ich möge nähertreten. Ich tat es. Wer war der Fremde?

Die Ähnlichkeit seines Gesichtes mit dem von Atlam Oramo überraschte mich. Aber dieser Mann schien mir deutlich älter zu sein; vielleicht täuschte mich aber auch der dichte graue Vollbart. Außer einer schweren goldenen Kette und goldenen Fibeln, die seinen Umhang trugen, sah ich keinerlei Schmuck, aber ich gewahrte auf den Fibeln eine verschlungene Schrift, die da lautete:

SCD 0001.

Niemand mußte mir sagen, daß ich vor dem Kaiser stand, das sah ich auch so. Er kam mir seltsam vertraut vor, so, wie ich vor ihm stand. Wie konnte es mich wundern? Er hatte ja mehrmals in meinen Träumen herumgespukt.

Ich wartete, aber er sprach nicht. Ja, er beobachtete mich wohl, seinen Vollbart streichelnd, aber er begann weder zu sprechen noch mit irgendeiner Geste oder Miene zu verraten, was er dachte.

Zweimal mußte ich räuspern und neu ansetzen, bis ich schließlich mit kratziger Stimme hervorbrachte: »Kaiserliche Hoheit, Artano- äh- SCD 7747 meldet sich zur Stelle.«

Er nickte unmerklich, sprach aber immer noch nicht.

Nach einer Pause fuhr ich fort: »Zu Euren Diensten!« Wieder nickte er.

»Ich harre Eurer Befehle«, würgte ich vielleicht etwas zu servil hervor.

Ein leichtes Kopfschütteln.

Die Stille begann mir peinlich zu werden. Ich verdrängte erfolgreich den Gedanken, daß ich ja mit dem Kaiser hatte sprechen wollen, aber irgendwie wäre mir das, was ich hätte sagen und fragen wollen, leichter herausgekommen, wenn es sich um einen wirklichen Dialog gehandelt hätte.

»Kaiserliche Hoheit, ich würde mich freuen, wenn Ihr geruhtet, mit mir zu sprechen«, fuhr ich fort. Er aber schwieg.

»Habt Ihr mir irgendetwas zu sagen?«

Der Kaiser antwortete nicht.

Welch eine Situation! Was sollte ich tun?

»Dann gestattet, daß ich mich zurückziehe. Diese Audienz ist sicher ein Irrtum; gewiß habt Ihr jemand anderen erwartet.«

Als der Kaiser auch hierauf nicht antwortete, zog ich mich rückwärts gehend und höfliche Bücklinge machend, immer weiter zurück, bis ich mit dem Rücken die mächtige Doppeltür berührte, die in den Thronsaal hereinführte. Ich tastete nach den Klinken und drückte sie herunter, aber die Tür öffnete sich nicht. Er folgte mir mit den Augen und beobachtete mein Tun, bewegte sich aber sonst kaum.

»Kaiserliche Hoheit, die Tür ist abgeschlossen.«

Als er auch auf diese Worte nichts erwiderte, bekam ich es mit der Angst zu tun. Lebte dieses Wesen da auf dem Thron überhaupt? Offenbar schon, denn als ich mich nun zur Seite bewegte, folgte er mir mit den Augen.

Ich mußte hier raus! Auf einmal überkam mich ein würgendes Gefühl; ich stürzte zur rechten Seite und sprang auf die Stufe, um eine Scheibe einzuschlagen und hinauszuspringen. Nun konnte ich aus dem Fenster alles sehen: unter dem Gewitterhimmel stand ein dichter Wald, den ich vorher nicht gesehen hatte, und der sich bis zum Horizont erstreckte. Ein kleines Holzhaus lag am Waldrand, vor dem ich einen Holzfäller erblickte, der gerade aus einem Brunnen einen Eimer Wasser zog.

Ich schlug mit dem Ärmel gewaltsam gegen die Scheibe, doch sie brach nicht. Einige Faustschläge brachten auch nicht das gewünschte Ergebnis, und so stürzte ich nun zur linken Seite des Saales, nicht nur, um dort mein Glück zu versuchen, sondern auch den vertrauten Park zu sehen.

Doch was ich sah, hatte ich nicht im entferntesten erwartet.

Unter einem drohenden Gewitterhimmel breitet sich die Silhouette einer schmutzigen Straße aus. Schwarze verhängte Schaufenster begrenzen den Blick auf der anderen Straßenseite. Endlose Kolonnen von Autos fahren an, halten vor der Ampel, fahren an, halten an. In gleichmäßiger Monotonie wechseln die Lichter der Ampel, und manchmal kostet es einen der Fahrer die Nerven, er schimpft, droht mit der Faust, zeigt obszöne und beleidigende Gesten. Lintana steht auf der anderen Straßenseite mit ihrem Sohn, dem sie mit befehlender Geste ein Taschentuch hinhält, vor ihr steht ein Kinderwagen. Sie wirkt unsagbar gewöhnlich, ja geradezu vulgär. Auf dieser Seite kommt ein junger Mann des Weges, die Hände gemütlich in den Hosentaschen, grinst herüber und spuckt auf den Boden.

Ja, dies war die Welt, die ich in meinen Träumen wieder und wieder gesehen hatte. Aber die Frau dort drüben konnte nicht die Herzogin sein, in ihrer Würde und Noblesse war sie doch das genaue Gegenteil dieses Weibes!

Erschüttert wich ich wieder in den Saal zurück. Soviel stand fest: ich befand mich nicht im Palast von Yu Xaturum. Und wenn ich durch die rechte Fensterreihe meine gewohnte Welt und auf der linken die Realität gewordenen Alpträume meiner Nächte gewahrte, spürte ich, daß ich mich samt dem Kaiser, dem Herrn der Societas Dominorum, in einer Zwischenwelt bewegte, die niemand betreten kann, der es nicht soll. Jetzt wußte ich, daß der Augenblick der Entscheidung gekommen war. Doch verlief er ganz anders, als ich es vermutet hatte.

Als ich mich umdrehte, sah ich nämlich eine Gestalt auf dem Parkettboden liegen. Es war Herzog Sharolan, der genauso dort lag wie vorhin, als ich den Saal betreten hatte. Um ihn herum hatte sich eine Blutlache ausgebreitet. Sofort hob ich meinen Blick, weil ich vermutete, daß ich damit wieder im Palast von Yu Xaturum wäre, aber dem war nicht so.

Plötzlich erhob sich der Mann vom Thron und rief laut: »In nomine societatis! Empfangt den Kaiser!«

Mit diesen Worten verließ er das Podest, auf dem sich der Thron befand, und stellte sich seitlich der Stufen auf. Knarrend öffneten sich die Torflügel an der Rückwand rechts des Podestes, und heraus traten mehr als zwanzig Männer, alle gekleidet wie er. Auch sie stellten sich so auf, daß sie ein Spalier vom Podest bis zum Haupteingang bildeten. Dabei standen sie einander gegenüber und blickten sich gegenseitig an. Sharolan lag mitten in der Gasse, die sie bildeten.

Was hatte das zu bedeuten? Der Mann, vor dem ich mich eben so bilderbuchmäßig gebeugt hatte, war gar nicht der Monarch? Ich kam nicht dazu zu überlegen, denn der Mann erhob wieder seine Stimme: »Hayratas und sonstige Nicht-mitglieder der Societas Dominorum! Huldigt dem Kaiser!«

Also nur Hayratas waren sie? Dann trugen sie vermutlich die Schrift SCD 0001, weil sie die Garde bildeten.

Ich reckte den Hals, um zu sehen, wie der Herrscher eintrat. Aber nichts war so, wie ich es erwartete: weder öffneten sich die Türflügel des Portals zum Saal oder diejenigen auf der Rückseite, durch die die Hayratas eingetreten waren, noch schritt irgend jemand durch die Gasse. Aber das Spalier verbeugte sich.

»SCD 7747, tritt näher und rechtfertige dich!«, rief der Wortführer. Zwei Hayratas nahe dem Hauptportal rückten etwas auseinander und ließen mich in die Gasse eintreten. Gesenkten Blickes wandelte ich schüchtern hindurch, zögerte kurz, als ich über Sharolans Leichnam hinwegsteigen mußte, trat in das schmierige Blut und folgte dem Gang bis zur untersten Stufe des Podestes, wo ich stehenblieb.

Tiefe Stille herrschte im Saal. Als ich nicht angesprochen wurde, hob ich schließlich den Blick und sah auf dem Throne- NICHTS!

Sprachlos suchte ich Augenkontakt mit den Hayratas, aber diese starrten geradeaus und beachteten mich nicht.

Wie soll ich die Empfindung tiefsten Grauens beschreiben, die in mir hochkroch? Mein Blut schien zu Eis zu erstarren, und doch floß mir der Schweiß über die Gänsehaut. Ich wußte, das dieses Grauen vom Thron kam; eine Aura der Drohung strahlte er plötzlich aus. Was immer dort für mich unsichtbar auf dem Thron saß, war die Inkarnation des Bösen, des Hasses, der Aggression, das würdige Hirn der Societas, für das ein »Ethikwert« etwas Übles darstellte.

Die Goldstickerei auf dem Samt, mit dem der Sitz bezogen war, konnte ich nur noch wie durch dichten Nebel wahrnehmen, einen Nebel, der den Raum mit Schwärze zu erfüllen schien. Und als ob dies alles noch nicht genug gewesen wäre, begannen die Hayratas jetzt auch noch mit der Lobpreisung des Kaisers, einem tiefen monotonen Gemurmel in einer fremden Sprache. Zwar verstand ich nichts, aber mir standen auf einmal Bilder vor Augen, die mich ängstigten: ich sah, wie die Söldner den Leib Sharolans mit ihren Dolchen und Schwertern förmlich durchlöcherten, ich sah die Axt auf den Nacken redlicher Bürger niedersausen und gesichtslose Körper mit der Schlinge um den Hals durch die geöffnete Falltür in die Tiefe fallen, ich beobachtete die brutale Vergewaltigung von Frauen und hörte fortwährend die Schreie und das Röcheln der Gefolterten in den tiefsten Kellern dieses Palastes.

Und nun- oh, Schreck ohne Ende- tritt Artano vor mich hin, jünger als ich, lautlos lachend, das Gesicht zu einer Grimasse des Triumphes verzerrt, und schleppt gefesselte Männer in Mönchskutten zu einer Schlucht, in die er sie hineinwirft! Das ist Artano, der Mörder, triumphierend im Augenblick der kaiserlichen Bosheit dort auf dem Thron, die das Wasser des Lethe wirkungslos werden läßt und mir zeigt, wer ich bin und was ich getan habe.

Ich stürzte auf die Knie und wollte um Erbarmen flehen, aber der tiefe Singsang der Hayratas ließ es nicht zu.

»Hört auf«, flehte ich. »Bitte hört doch auf!«

Aber niemand hörte auf mich. Ich wiederholte meine Bitte immer eindringlicher, aber der Singsang ging weiter.

Schließlich sprang ich auf und schrie schrill: »Seid endlich still, ihr verdammtes Pack! In nomine societatis!«

Auf einen Schlag brach das Gemurmel ab. Als würden sie von einem einzigen Mechanismus angetrieben, wandten mir alle Hayratas die Köpfe zu und starrten mich mit puppenhaften Gesichtern ohne jeden Ausdruck an. Das wirkte auf mich wie eine Todesdrohung, zumal ich jetzt alle synchron flüstern hörte:

»Sie haben keine Ruhe gefunden, weil du sie ermordet und nicht begraben hast. Du hast dein Herz ohne Erlaubnis der Herzogin Lintana geschenkt. Du hast, wie wir nun wissen, dir deine Mitgliedschaft in der Societas Dominorum auf Kosten Eskos erschlichen. Du hast nie den Willen des Kaisers im Auge gehabt. Du hast mit einer schmutzigen Dienerin gesprochen, obwohl sie für uns viel zu niedrig ist. Hast du uns etwas zu sagen?«

In mir schlug das Herz so stark, daß es mir schien, meine Brust würde zerspringen. Vermutlich hätte ich nun versucht, eine Verteidigung herauszustammeln, aber Lintanas Name gab mir Kraft. Auf einmal wichen die Visionen des Horrors vor meinem inneren Auge und machten der Sicht auf die Herzogin Platz, welche im sonnendurchfluteten Park liebevoll ihren kleinen Sohn herzte.

Ich war erstaunt, welche Festigkeit in meiner Stimme lag, als ich antwortete: »Nein, euch habe ich gar nichts zu sagen, ihr schmutziges Gesindel! Ich werde nur mit dem Kaiser sprechen.«

Ruckartig wandten die Hayratas ihre Köpfe von mir weg dem Thron zu, den sie nun ebenso ausdruckslos anstarrten. Endlich herrschte wieder Ruhe, und ich wußte, daß ich nun mit dem Herrscher selbst reden durfte und mußte.

Mich auf ein Knie niederlassend, begann ich: »Kaiserliche Hoheit, auf die Gefahr hin, Euren Zorn herauszufordern, möchte ich Euch die Wahrheit sagen.«

Anfangs stockte meine Rede ziemlich, aber nachdem ich mich einige Male geräuspert hatte, lief sie besser. »Es gibt keine Rechtfertigung für mein Verhalten«, fuhr ich fort, »außer vielleicht, daß ich unabsichtlich in die Societas gerutscht bin. Für alles weitere aber kann und will ich mich nicht entschuldigen, denn Ihr, kaiserliche Hoheit, seid wohl der Allerletzte, der so etwas von mir fordern dürfte. Indem Ihr die Societas Dominorum gegründet und mit solcher Macht ausgestattet habt, habt Ihr ein Verbrechen begangen, größer und gewichtiger als alle meine Vergehen zusammengenommen. Ich kann nicht sagen, warum ich gemordet habe, auch wenn ich jetzt weiß, wie ich es tat. Aber das ist auch unwichtig, denn das war ein anderes Leben als mein jetziges. Ihr dagegen, so, wie Ihr in diesem Moment seid, habt Euer Reich mit Haß, Grausamkeit und Terror überzogen. Ihr habt das Beste im Menschen verurteilt und den Wert eben dieses Menschen in seinem Nutzungswert für Euch festgelegt. Mit welchem Recht habt Ihr das getan? Haltet Ihr Euch für Gott, daß Ihr so handeln dürft? Glaubt Ihr denn, Eure Zaubertricks könntet Ihr vorführen, wenn Ihr sie nicht von Gott bekommen hättet? Eines sage ich Euch: die Liebe werdet Ihr nicht beseitigen, und die Hoffnung auf Friede und Versöhnung werdet Ihr nie ersticken. Macht mit mir, was Ihr wollt, aber ich sage mich von Euch und der Societas los!«

So mutig habe ich sicher zeit meines Lebens nicht gesprochen, aber ich dachte fest an Lintana und ihren Sohn. Als ich nun schwieg, gewahrte ich wieder die Grausamkeit und Bosheit, die vom Thron herwehte, und die Angst nagte wieder an mir.

Dann vernahm ich ein scharfes Schnappen. Zur Linken des Thrones hatte sich hinter ihm auf der Rückwand des Saales eine niedrige Tür geöffnet, die man in geschlossenem Zustand leicht übersehen konnte. Die Hayratas wandten mir ruckartig wieder ihre Köpfe zu und wiesen nur mit einer kurzen Geste auf die Tür.

Ich versuchte, ihre puppenhaften Gesichter zu ignorieren, aber als ich nun wie im Traum an ihnen vorbei der Tür entgegenschritt, bemerkte ich erst, daß sie alle mit Ausnahme des vollbärtigen Mannes, dem ich zuerst begegnet war, Masken trugen. War mir denn gar nicht aufgefallen, daß sich ihre Münder während der Audienz nicht bewegt hatten?

Hinter der sehr niedrigen Tür führte eine schmale Treppe in die Tiefe. Während ich mich bückte, um hindurchgehen zu können, warf ich noch einmal einen kurzen Blick zurück und sah die Hayratas ihre Masken abnehmen. Sie wirkten alle sehr erschöpft.

Dann fiel die Tür hinter mir zu, und ich tastete mich durch die pechschwarze Dunkelheit in die Tiefe. Ich spürte, daß ich nun die ganze Wahrheit erfahren würde.

Kapitel 10
in welchem ein kräftiger Stoß in Artanos Rücken sein Leben verändert

Direkt hinter der Türschwelle führte nach drei geraden Stufen eine Wendeltreppe hinunter. Man mußte nicht lange gehen, um nach unten zu gelangen, wo die Treppe in einen einzigen Raum mündete. Dieser war erstaunlich klein. Von quadratischem Grundriß und ausgekleidet mit groben Backsteinen, war er zudem noch durch ein Gitter in zwei Hälften unterteilt. Zu meinem Erstaunen gewahrte ich in diesem Gitter keine Tür. Vielleicht lag es aber auch an der schlechten Beleuchtung, denn es befand sich nur ein einzelner Kerzenhalter neben der Treppe, in dem eine keineswegs besonders große einzelne Kerze flackerte.

In der anderen Hälfte dieses Raumes, also in der Zelle, kauerte eine kleine Gestalt an der Wand, die bei meinem Eintreten den Kopf hob. Ich erkannte eine sehr alte Frau, deren schlohweißes Haar ungekämmt unter einem schmutzigen Tuch hervorlugte. Die Lumpen, die sie trug, konnte man eigentlich nicht mehr als Kleidung bezeichnen. Sicher saß sie hier schon lange fest.

Die Frau stand mühsam auf und kniff die Augen zusammen, um mich besser sehen zu können. Dann fragte sie mit einer kratzigen Stimme:

»Bist du das, SCD 7747?«

»Woher weißt du denn, wer ich bin?«, stotterte ich.

»Ich weiß es«, versetzte sie düster.

Ich faßte mich. »Aber ich heiße Artano.«

»Ja, und du hast mit der Societas gebrochen, ich weiß.«

»Wie heißt du denn?«

»Ich habe viele Namen, oder aber auch gar keinen. Es spielt keine Rolle.«

»Das verstehe ich nicht. Wie lange bist du denn schon hier?«

»Schon sehr lange. Viel zu lange.«

»Und wieso hast du mich erwartet?«

»Weil dir der Kaiser in seiner Großmut gestattet hat, eine Antwort auf deine Fragen zu erhalten. Ich kann sie dir geben.«

»Was hat der Kaiser mit dir zu tun? Bist du seine Gefangene?«

»Setz dich. Deine Fragen lassen sich nicht in einer Minute beantworten.«

In dem engen Raum befand sich kein Stuhl. Zudem hatte ich das Bedürfnis, mich schnell umdrehen zu können, um nicht überraschend einen Hayrata hinter mir zu spüren, der mich erdolchen sollte.

»Du hast Angst«, stellte die Gefangene fest. »Das ist nicht gut. Komm näher.«

Ich folgte ihrem Wunsch und trat an das Gitter heran. Langsam hob sie den Arm und legte die Finger ihrer mageren, mit Altersflecken gesprenkelten Hand vorsichtig an meine Wange.

Plötzlich durchflutete mich eine wohltuende Ruhe. Die gräßlichen Bilder, die ich seit der Gegenwart des Kaisers im Kopf hatte, versanken und machten wunderbaren Vorstellungen Platz: einer bunte Blumenwiese in sonnendurchfluteter Landschaft , Enten auf einem Teich, einer Dorfstraße mit Bauernhäusern, die reich mit Fachwerk geschmückt waren, und dem schönen Gesicht Lintanas, das sich mir zuneigte, um mir einen sanften Kuß zu geben, den ich in Wirklichkeit nie fühlen würde. Dann sah ich wieder das Gesicht der alten Frau, doch meine Furcht war vergangen.

»Wer bist du, daß du solche Macht hast?«

»Jetzt setz dich erst einmal.«

Ich folgte ihr, nahm auf dem kalten Steinboden Platz und lehnte mich an das Mauerwerk.

Die alte Frau lehnte sich ihrerseits ebenfalls daran. Dann und wann sah ich ihre glitzernden Augen, ansonsten lag ihr Gesicht im Dunkeln.

»Ich kann dir keinen Namen sagen, denn ich trage keinen«, begann sie. »Ich kam auf die Welt als Gegenpol des Kaisers. Du hast ihn gesehen, er ist das personifizierte Böse. Ich stehe für das Gute im Menschen. Der Mensch wurde auf die Welt gesandt, um zu reifen, seine Erfahrungen zu machen und sich für das Gute zu entscheiden. Letztlich war es ihm bestimmt, mithilfe seiner Begabungen zu einer Größe heranzuwachsen, die ihn würdig gemacht hätte, das göttliche Licht zu schauen. Dazu gehört, daß er seine tierischen Instinkte freiwillig ablegt, seinen Egoismus, seinen Haß, seine Gier. Ich hätte das gefestigt, was aus ihm geworden wäre. Aber alles lief anders als geplant, und so wurde ich unerwünscht.«

»Was ist geschehen?«

»Die Mehrzahl der Menschen legte in allen Welten, in denen sie auftauchte, Masken an. Masken der Redlichkeit und Liebe, aber es waren eben nur Masken, mit denen sie ihr wahres Ich verbargen. Sie spürten wohl ihre Freiheit, lehnten aber die Verpflichtungen, die damit einhergehen, ab. Ich muß dir nicht aufzählen, in wieviel Spielarten sich das Wesen der Menschheit manifestiert. Ich muß keine Kriege erwähnen, keine Quälereien von Mensch oder Tier. Schau mal her.«

Die alte Frau wies auf das Gitter ihrer Zelle. Mit leisem Knacken brach ein Splitter des Gitters ab und fiel zu Boden, wo er zerfiel und schnell nicht mehr zu sehen war.

»Das ist die Auswirkung einer guten Tat, die jetzt irgendwo, in irgendeiner Welt geschah. Wenn das Gitter durch viele gute Taten brüchig geworden ist, kann ich meine Zelle verlassen. Wenn das geschieht und ich auf der Schwelle des Thronsaales stehe, zerfällt die Societas Dominorum zu Staub.«

Oberhalb der Bruchstelle bildete sich ein schwarzer Tropfen, der auf die Stelle floß und dort erstarrte. Als ich danach tastete, stellte ich fest, daß das Gitter an dieser Stelle wieder unversehrt war.

»Das war eine böse Tat«, erklärte die alte Frau gelassen. »Eine böse Tat bessert das Gitter meiner Zelle wieder aus.«

An einer anderen Stelle brach wieder ein Splitter aus dem Metall. Sekunden später kam ein Tropfen.

»So geht es immer. Deswegen wird das Gitter nicht schwächer. Wenn die Menschheit sich immer weiter entwickelt, muß es eines Tages aber doch brechen. Das geschieht an dem Tag, da ausnahmslos alle Menschen beschließen, nur noch ihrem Gewissen zu folgen. Bei ihrer Vervollkommnung wäre ich ihnen dann behilflich.«

Ich überlegte. »Weißt du denn, wann dieser Tag kommen wird?«

»Das weiß ich. Er wird niemals kommen. Die Societas Dominorum wird es verhindern.«

»Gut, daß du sie erwähnst. Die Societas bezieht doch ihre Macht vom Kaiser?«

»Richtig.«

»Und der Kaiser seine Macht von Gott? Wie kann Gott es zulassen, daß das Böse sich so durchsetzt; wie kann er es wollen, daß der Kaiser frei ist und herrscht, während du gefangen hier festsitzt?«

»Der Kaiser bezieht seine Macht nicht von Gott. Wie kommst du denn auf den Gedanken?«

»Von wem dann?«

»Vom Menschen, das müßtest du doch allmählich gemerkt haben. Der Kaiser ist der Mensch, wie er jetzt sein will, der Mensch, der seine Freiheit genießt und seine Pflichten ablehnt, der wirkliche Freiheit nicht von Zügellosigkeit unterscheiden kann. Er ist die Verkörperung des Morastes in der menschlichen Seele. Er ist Hirn und Herz der Societas, die dazu dient, den Menschen Schritt für Schritt in den Abgrund zu führen. Er und sie sind eins, der Untergang des Menschen. Wenn diese sich selbst vernichtet haben und nur noch Geschichte sind, wird der Kaiser als ihr Schatten weiterhin leben und vom Triumph des menschlichen Geistes über das Gute erzählen, auch dann, wenn niemand ihn mehr hören kann.«

»Das ist unmöglich!«, rief ich lebhaft aus. »Du gehst davon aus, daß das Gute in den Menschen verkümmert ist. So ist es aber doch gar nicht. Was ist mit Herzogin Lintana, die sich weigerte, ihre Bauern für den Feldzug zur Verfügung zu stellen? Was ist mit Savora, die ihr Leben riskierte, um die Herzogin zu warnen, und damit unzählige Leben rettete? Und was läßt sich über Oramo sagen, der ja auch eine Maske trug, der so zynisch redete, daß es mir die Schuhe auszog, und gleichzeitig Savora informierte, von der er wußte, daß sie lauschte? Ohne ihn wäre das Verbrechen nicht zu verhindern gewesen. Drei gute Menschen, schon drei! Und ich? Ich weiß, ich bin ein Mörder, aber ich habe mich seit meiner Heilung redlich bemüht, ein anständiges Leben zu führen, soweit ich das beurteilen kann.«

»Das ist wohl richtig. Aber was läßt sich über Herzog Sharolan sagen, oder über Eskos Mörder? Im ständigen Kampf zwischen Gut und Böse wird das Gute letztlich verlieren. Es hat über Jahrtausende hinweg nicht gewonnen, warum sollte das jetzt der Fall sein?«

Ich stand auf und begann erregt in dem Kellerraum hin- und herzugehen. Vier Schritte nach links, vier Schritte nach rechts und wieder nach links... Mehr gestattete die Zelle nicht.

»Laß mich dir sagen, was ich glaube«, versetzte ich. »Ich glaube auch nicht, daß das Gute endgültig gewinnen wird. Aber das Schlechte ebenfalls nicht! Daß sich die Menschheit selbst vernichtet, denke ich nicht. Wir sind halt zerrissen zwischen unserer Moral und unseren Trieben, vielleicht auch, weil wir von Tieren abstammen, die nur ihren Trieben folgen. Und so wird es bleiben. Niemand wird siegen!«

»Dann gibt es auch keinen Grund, gegen die Societas zu kämpfen. Wenn ohnehin alles bleibt, wie es ist, dann werde ich immer gefangen sein und der Kaiser wird frei bleiben. Du kannst dir doch denken, daß die Societas nicht immer bestanden hat. Aber sie wurde vor nicht allzulanger Zeit gegründet, weil die Menschen das Stadium ihrer eigenen Vernichtung erreicht haben.«

»Oder es hatte andere Gründe?«

Eine Pause trat ein.

»Kann ich etwas für dich tun?«, fragte ich schließlich leise.

Die alte Frau schüttelte den Kopf. »Ich werde niemals freikommen. Wenn du alles so siehst, wie du es jetzt geschildert hast, dann ziehe dich zurück. Oder bekämpfe die Societas. Aber wenn du das willst: tu es schnell, bevor es zu spät ist.«

Die Frau ließ sich an der Rückwand der Zelle wieder nieder und ließ den Kopf sinken. Ich begriff, daß das Gespräch beendet war.

Langsam stieg ich die Stufen wieder hinauf. Das Gespräch hatte mich mehr aufgewühlt, als ich es mir eingestehen wollte. Die pessimistische Weltsicht der Gefangenen erschien mir angesichts ihrer Situation schon verständlich, aber sie entsprach nicht meinen Vorstellungen. Wenn wirklich an dieser Welt nichts mehr zu retten war, dann konnte die Societas ja getrost den Niedergang der Menschen organisieren. Vielleicht ergab sich diese Sichtweise auch aus dem hohen moralischen Anspruch dieser Gefangenen, die ausschließlich für das Gute stand und daher ebensowenig die Mischung im Menschen akzeptieren konnte oder wollte wie der Kaiser, der ja nur für das Böse stand.

Die kleine Tür am oberen Treppenabsatz war nicht versperrt, und so betrat ich wieder den Thronsaal.

Dort befand sich niemand mehr, und auch der Leichnam Herzog Sharolans war beiseite geschafft worden. Der Thron strahlte keine dämonische Aura aus. Ich begriff, daß der Kaiser wieder fort war.

Was war das für eine merkwürdige Gefangene? Man hätte doch erwarten können, daß sie geweint, über ihr Schicksal geklagt und um Erlösung gefleht hätte; stattdessen wirkte sie stark und lebhaft. Hier gab es schon eigentümliche Menschen, die ich ganz und gar nicht verstand.

Als ich den Saal durchqueren wollte, um das Gebäude zu verlassen, sah ich einen Zettel auf der Stelle liegen, wo zuvor Sharolan gelegen hatte. Dieser Zettel war aus schwarzem Papier gefertigt und trug in goldenen Lettern die Inschrift:

SCD 7748.

Mittlerweile verstand ich die Sprache der Societas gut genug, um zu wissen, daß ich damit einen Nachfolger hatte, der das schmutzige Werk verrichten würde, das ich nicht geleistet hatte. Ob er auch als Legat bei Herzogin Lintana eingesetzt werden würde? Ich wußte es nicht. Aber es ging mich auch nichts mehr an; sie liebte mich nicht und würde nie meine Freundin werden. Zudem wußte ich nicht, wo ich war, und konnte nicht so ohne weiteres in den Palast von Yu Xaturum zurückkehren.

Die Torflügel des Saales standen ein wenig offen. Ich verließ den Saal, durchquerte den Vorraum und verließ den Palast.

Selbstredend hatte sich nicht nur der Thronsaal verändert, sondern auch das Äußere. Ich befand mich ja nun nicht mehr in Yu Xaturum, und so erwartete mich auch kein Park, von Söldnern zertrampelt und zerstört, sondern ein schmaler Weg, zu beiden Seiten begrenzt von mehr als drei Mann hohen Mauern. Auf der linken Seite gewahrte ich einen mit prächtigen Steinreliefs geschmückten Torbogen, der hinausführte in eine schöne Landschaft, an deren Horizont ein dichter Wald stand. Auf der rechten Seite der Mauer, dem Torbogen gerade gegenüber, hatte man eine rostige häßliche Eisentür mit einem Riegel eingelassen. Geradeaus ging der Weg noch ein wenig weiter, bevor er in einer Sackgasse endete.

Und in dieser Sackgasse stand Atlam Oramo, SCD 1068!

»Sei gegrüßt, Artano.«

»Sei gegrüßt, Oramo«, antwortete ich. »Dich habe ich hier nicht erwartet.«

»Warum nicht? Ich war Legat bei Herzog Sharolan, und der braucht keinen mehr.«

»Naja, es hätte doch sein können, daß du mit einem neuen Auftrag schon wieder unterwegs wärst.«

»Das bin ich auch, Artano. Zu meinem Bedauern.«

Oramos Gesichtsausdruck gefiel mir nicht. Daher fragte ich: »Was ist das für ein Auftrag?«

»Ich soll dich beseitigen, Artano, um Platz zu machen für SCD 7748.«

Es verschlug mir die Sprache. Schließlich brachte ich heraus: »Das ist doch wohl nicht dein Ernst?«

»Ich hoffe nicht, daß du Späße von einem solchen Niveau bei mir erlebt hast.«

Ich brauchte einen Moment, um mich zu fassen. Schließlich versetzte ich kalt: »Dann habe ich dich wohl falsch eingeschätzt. Aber ich lasse mich nicht einfach schlachten; ich werde mich wehren.«

»Das nützt dir nichts, dann hast du morgen zwei Legaten hier stehen. Ich kann es nur dann nicht tun, wenn du einen neuen Weg wählst.«

»Einen neuen Weg?«

»Wie ich es sagte. Du mußt den Einflußbereich der Societas verlassen, nur so kann sie dir nicht mehr schaden.«

»Und wie?«

»Geh durch diese rostige Eisentür. Sie läßt sich nur von dieser Seite öffnen, daher ist der Weg endgültig. Du kommst in eine andere Welt und kannst dir dort ein anderes Leben aufbauen.«

»Aber dies hier ist meine Welt!«

»Komm schon, Artano, in welcher Weise bewohnst du sie denn? Wo leben deine Eltern, wo ist deine Heimatstadt? Man nennt dich hier den Mörder. Ist es das, was du willst? Viele Leute verlangen die Hinrichtung eines Mörders. Niemand wird schreien, wenn es dich erwischt.«

Ich überlegte. An Körperkraft war ich Oramo sicher

nicht unterlegen, aber mir war auch bewußt, daß er sein Leben aufs Spiel setzen mußte, um seinen Auftrag auszuführen; andernfalls hätte er einen ähnlichen Brief erhalten wie ich vorhin. Aber dann fiel mir etwas ein.

»Sag mal, die Societas erspürt doch, was du sagst und denkst. Wird sie dein jetziges Gespräch mit mir nicht als Verrat empfinden?«

»Warum sollte sie? Du wirst durch deinen Nachfolger ersetzt und verschwindest. Wenn du verschwindest, ohne daß ich dich töte, ist mein Auftrag erfüllt. Mir wird gesagt, was ich zu erreichen habe, nicht auf welchem Wege.«

»Und wenn ich dich töte?«

»Dann werden zwei Legaten auf dich angesetzt, und für jeden, den du besiegst, wieder zwei. Die Societas ist eine Hydra, die du nicht besiegen kannst, hast du das immer noch nicht begriffen?«

Damit hatte er recht. Also gab ich nach.

Den Riegel der verrosteten Eisentür zu öffnen, fiel uns beiden trotz gemeinsamer Arbeit nicht leicht. Wer weiß, wie lange es schon her war, daß sie zum letzten Mal geöffnet worden war. Schließlich aber kreischte die Tür in den Angeln, als wir sie aufschoben, und mir wehte ein kalter Luftzug entgegen. Und dieses Geräusch- ja, ich kannte es aus meinen Träumen. Das war ja die Welt meiner Träume!

Noch bevor ich etwas sagen konnte, gab Oramo mir einen Stoß, daß ich durch die Tür nach vorne fiel, dann kreischte es wieder, und bevor ich mich aufrichten konnte, vernahm ich das Fallen des Riegels hinter mir auf der anderen Seite der Mauer.

Eben noch wußte ich nicht, was es für ein bekanntes Geräusch war. Jetzt wird mir bewußt, daß es der Motorenlärm der vorbeifahrenden Autos ist. Ich kenne diese Welt aus meinen

Träumen, und nun ist sie für alle Zeiten zu meiner Realität geworden.

Ich stehe auf und sehe mich auf einem Bürgersteig neben einer vielbefahrenen Straße. Die andere Straßenseite erkenne ich wieder, denn ich sah sie ja von der Fensterreihe im kaiserlichen Palast. Aber als ich mich umdrehe, um dessen Äußeres zu betrachten, gewahre ich nur die schwarze Fensterreihe, eingelassen in ein altes verwahrlostes Fabrikgebäude. Die Eisentür, durch die ich kam, kann ich auf dieser Seite nicht einmal in der Ziegelmauer erkennen.

Meine neue Heimat…

Was wird mich hier erwarten? In gewisser Weise bin ich ja nun zum dritten Mal geboren: mein erstes Leben liegt im Dunkel, mein zweites dauerte nur kurze Zeit, und jetzt fange ich wieder von vorne an. Das scheint alllmählich zur lieben Gewohnheit zu werden, aber es hat auch den Vorteil, daß ich diese verfluchte Societas los und wieder Herr meiner Selbst bin. Dort hatte ich nicht den Hauch einer Chance, Lintana für mich zu gewinnen, weil sie eine Herzogin war und ich in der Gesellschaft ein Nichts, aber es wird sich früher oder später eine Frau für mich finden. Wir werden Kinder haben, und ich werde zum ersten Mal in meinem Leben einen Platz finden, wo ich Liebe und Geborgenheit geben und bekommen kann. Diese Hoffnung erfüllt mein Herz; sie macht es warm. Und mit diesen Gedanken schlendere ich durch die Stadt, betrachte neugierig die Schaufenster und das Treiben meiner neuen Mitmenschen.

Es wird dunkel, als ich in den Park einbiege. Langsam wird es Zeit, mir Gedanken zu machen über eine Unterkunft und Arbeit. Das will ich auf jener Parkbank tun–

–aber bevor ich mich setze, spüre ich es hinter mir. Ich fahre herum und weiß sofort, daß es da ist, das unendliche Grauen, die Drohung des Bösen hinter mir. Es ist so gräßlich, daß es mir die Luft nimmt.

Der Kaiser! Er ist mir in diese Welt gefolgt!

Wie eine schwarze Wolke ballt sich das Grauen vor mir zusammen und nimmt Form, Farbe und Gestalt an. Da ist er, ich sehe ihn. Er nähert sich mir langsam und legt mir die Hand auf die Schulter. In den Träumen kam er mir immer näher, nun ist er da. Ich hatte ihn gerufen, und er hat es gehört.

Und nun sehe ich zum erstenmal das Gesicht und die Augen des Kaisers. Diese gräßlichen Augen! Diese teuflischen Augen! Ich kann nicht einmal mehr schreien. Was wird er mit mir tun?

Endspiel

»Unter dem Namen Atlam Oramo SCD 1068 hatten wir wiederholt Kontakt mit Euch. Von Euch erfuhren wir so mancherlei, unter anderem, daß der Kaiser die jenseitige Welt begehrte, aber nicht imstande war, das Eiserne Tor zu öffnen. Zudem war es auch gut bewacht und durfte nicht ohne Grund geöffnet werden.

Unsere Chance kam, weil uns seitens des Rates der Hayrata mitgeteilt wurde, es müsse nachgeprüft werden, ob man Herzog Sharolan noch vertrauen könne. Hierauf fußte nun unser Plan, der folgendermaßen ins Werk gesetzt wurde:

Wir wußten, daß Herzog Asliba Sharolan Truppen für einen Vergeltungszug gegen die Ambar zugesagt hatte. Sowohl der Feldzug als auch die Truppenaushebungen waren bereits genehmigt worden, weil wir dem kaiserlichen Rat empfahlen, es zu erlauben. Lintana, die Frau Aslibas, war mit diesem Plan nicht einverstanden, da sie den Frieden liebt und ihre Bauern nicht als Soldaten opfern will. Außerdem verabscheute sie ihren Mann, so daß nicht zu befürchten stand, daß sie aus Pietät den Willen ihres Mannes nachträglich erfüllen würde.

Durch eine Spionin, eine Dienerin, die Asliba zu Willen sein mußte, vergifteten wir ihn. Da er ein schwaches Herz hatte, gab es keine Vermutungen über einen Mord an diesem verhaßten Mann. So zwangen wir Sharolan, sich nunmehr mit der Herzogin zu befassen, um seinen Willen zu bekommen. Zu diesem Zeitpunkt waren wir längst zum Legaten der Societas Dominorum in Koraman Kasar ernannt worden. Wir überzeugten Sharolan von der Notwendigkeit, die sich weigernde Fürstin zu überfallen, und heuerten in seinem Auftrag Söldner an.

Teil unseres Planes war Artano SCD 7747, ein Fremder, der durch den Genuß von Lethewasser seiner Vergangenheit beraubt worden war, wie uns sein behandelnder Arzt, Comano SCD 6243, mitgeteilt hatte. Wir erzählten Artano im Beisein einer lauschenden Dienerin von den Plänen des Herzogs, so daß sie alles erfuhr, ohne daß der Hayrata uns beim Mithören des Verrats bezichtigen konnte. Artano, der durch ein Mißgeschick Mitglied der Societas geworden war, aber ihre Regeln nicht kannte, verhalf der Dienerin zur Flucht, woraufhin sie Herzogin Lintana warnte. Diese zog sich mitsamt ihrem Volk, mit Schätzen und Proviant in unbekannte Gegenden zurück.

Als durch unsere Maßnahmen sein Feldzug scheiterte, verstieg sich Sharolan zu Drohungen gegen die Societas als das Instrument seines Souveräns und zeigte hierdurch, daß man ihm tatsächlich nicht vertrauen konnte. Die Söldner ermordeten ihn, aber nicht, wie man glaubt, aus Wut über entgangene Beute aus Yu Xaturum oder von den Ambar, sondern weil wir ihnen sagten, wir würden sie reich entlohnen, wenn sie ihn in einem solchen Fall umbrächten.

Dies alles geht weit über die Kompetenzen eines einfachen Legaten hinaus. Wir konnten dies nur tun, wenn der

Kaiser uns zu seinem Stellvertreter ernannte, was er kurz zuvor auf unseren Rat hin auch tat.

Damit kamen wir nun zum zweiten Teil unseres Planes: wir überzeugten den kaiserlichen Rat, daß Artano eine Gefahr für die Societas darstelle, weil er außergewöhnliche Fähigkeiten und Kräfte aus seiner Welt mitbringe. Aber man konnte ihn nicht wie Sharolan abstrafen, denn er hatte abgesehen von der Schleusung der Dienerin durch das Stadttor keinerlei Eigeninitiative gezeigt. Vielmehr mußte man ihn zum Ungehorsam verleiten. So ermöglichten wir ihm den Zutritt zu Euch, mit der niemand sprechen darf. Den Hayratas hatten wir verschwiegen, daß er von diesem Verbot nichts wußte. Und so verhängten sie über ihn den Bann.

Als Stellvertreter des Kaisers konnten wir die Wachen zumindest bei wichtigen Gründen vom Eisernen Tor abziehen und es öffnen, scheinbar um Artano zu retten, aber in Wirklichkeit, um dem Kaiser in die andere Welt zu verhelfen, wo er die Societas ja ebenfalls installieren will. Von der jenseitigen Seite kann man das Tor nicht öffnen, was er nicht wußte und ich von Euch erfuhr, also muß er drüben bleiben.

Die dritte Phase unseres Planes ist schnell erzählt: bis zur Rückkehr des Kaisers, die der Rat erwartet, die aber nicht kommen wird, sind wir nun stellvertretender Kommandant. Da wir indes nicht die mentalen Kräfte des Kaisers haben, werden die Hayratas ohne ihn in wenigen Wochen absterben, so daß die Legaten nicht mehr koordiniert werden und ein Chaos veranstalten, durch das sie ihre Autorität verlieren. Die Societas Dominorum wird zerfallen, und ob die Legaten uns daraufhin umbringen oder von unserem Posten absetzen, spielt keine Rolle. Die strenge hierarchische Struktur, die die Societas unverwundbar machte, wird sie vernichten.«

»Aber was wird aus Artano?«

»Das wissen wir nicht. Mag sein, daß er versuchen wird, den Kaiser an der Fertigung von Hayratas zu hindern, so daß keine neuen Legaten rekrutiert werden können, mag aber auch sein, daß die Menschen der jenseitigen Welt es noch rechtzeitig lernen, ihrem Gewissen zu folgen. Daran kann der Kaiser sie nicht hindern. Töten wird er Artano wohl nicht; warum sollte er das tun? Artano hat keinerlei Bedeutung mehr, und er stellt nicht die Gefahr dar, die der Rat in ihm hatte sehen sollen. Wir durften das Eiserne Tor nicht für den Kaiser öffnen, aber für jemand anderen. Wie bedauerlich, daß der Kaiser ihn begleitete.«

»Sagt mir eins, Oramo: warum habt Ihr diesen komplizierten Plan ersonnen?«

»Es gelingt den Menschen nicht, ihre schlechten Seiten zu beherrschen. Deswegen werden sie dem Monster der Societas für immer ausgeliefert sein, es sei denn- man schlägt dem Monster den Kopf ab. Das haben wir getan.«

»Aber Ihr wollt mir doch sicher nicht erzählen, daß die Menschen der jenseitigen Welt moralischer sind als die in unserer? Was hindert den Kaiser daran, seine Herrschaft dort neu zu erschaffen?«

»Wenn es die dortige Moral nicht ist- dann nichts.«

»Also habt Ihr Asliba und Sharolan getötet, Artano in Lebensgefahr gebracht und eine andere Welt dem Kaiser zum Fraß vorgeworfen, weil Ihr unsere Welt hier vorzieht und retten wollt? Das ist nicht moralisch gedacht oder gehandelt!«

»Dann sorgt für diese Moral. Wir öffnen Euren Kerker.«

»Vergeßt es! Unter diesen Umständen kann ich nicht befreit werden.«

Mit diesen Worten läßt die Gefangene den Stellvertreter des Herrschers vor ihrem Gitter stehen und kauert sich wieder in das Stroh. Vor ihrem inneren Auge sieht sie Artano und den Kaiser im Park voreinander stehen, bereit zur vielleicht tödlichen Konfrontation. Sie beobachtet den Zerfall der Societas in dieser Welt und ihre Gründung in der jenseitigen, das Gewimmel der Menschen im ewigen Kampf des Guten und des Bösen und die vergeblichen Bemühungen, irgendetwas daran zu ändern.

Bis dann eines Tages- nach der Zeit der Menschen- die Große Stille eintritt.

Die Prüfung

Solange die Auserwählten studierten, betrachteten sie ehrfürchtig die mächtigen Flügel der schweren mit Holzkassetten geschmückten Doppeltür am Ende des violetten Ganges. Jeder wußte, daß sich hinter diesem Portal der Prüfungssaal befand, in dem das Examen abgelegt wurde. Es wurde jedoch niemandem gestattet, diesen Saal zu besichtigen oder auch nur durch die Tür zu lugen; auch die reichlich stattfindenden Klausuren legte man dort nicht ab. Obwohl der Saal im Erdgeschoß lag, konnte man ihn auch von außen nicht einsehen, denn die Fenster waren verspiegelt.

Eigentlich ist es nicht recht verständlich, warum ein solches Geheimnis für nötig befunden wurde. Wer das Examen bestanden hatte, durfte über den Saal berichten, was er wußte, und so erfuhren alle, daß sich nichts, wirklich absolut nichts Bedeutsames in dem Raum befand. Am ehesten ließ er sich mit einem Gerichtssaal vergleichen. Dazu paßten auch die Roben der Prüfer, lange schwarze Gewänder mit schwarzen Baretten. Wie eine Mönchsprozession zogen sie an den Examenstagen in den violetten Gang ein, und alle Studenten mußten die Gesichter zur Erde senken.

Unter den Studenten befand sich auch eine junge Frau, die allgemein bekannt und beliebt war. Sie lachte viel und steckte mit ihrem fröhlichen Wesen auch ihre Mitmenschen an. Wieso sie trotzdem zum Studium zugelassen worden war, konnte niemand sagen. Vielleicht kannte sie einfach die richtigen Menschen. Diese Frau hatte ordnungsgemäß studiert und- mit den allgemein üblichen

140

Rückschlägen- auch alle Klausuren bestanden, so daß man sie zum Examen zuließ.

Die Studentin- ihr Name war Aminta- folgte am Examenstag wie alle anderen Prüflinge den Kontrolleuren in den violetten Gang, an dessen Ende man ihnen zu warten gebot. Amintas Blick schweifte über die Holzkassetten der reich geschmückten Tür, deren Höhe sie auf mindestens drei Meter schätzte. In den Kassetten befanden sich eigentümliche Sinnbilder, zum Beispiel des Sensenmannes, des Raubritters, der Hexe auf dem Scheiterhaufen oder des Namenlosen, welcher seine Kapuze über das Gesicht zog.

Endlich vernahm sie das scharfe Klacken der Schlüssel, dann schwangen die Türflügel langsam nach innen auf. Die Studenten fühlten sich kaum fähig einzutreten; ihre Füße schienen hierfür eine Ewigkeit zu brauchen. Dann standen sie im Saal.

Ungefähr drei Viertel des Raumes wurden von den Prüfungstischen eingenommen, auf welchen sich schon das erforderliche Schreibzeug samt gestempelten Papierbögen befand. Über die Stirnseite des Saales zog sich ein gewaltiger Ebenholztisch, hinter dem die Prüfer saßen. Ihre Beine waren verdeckt. Wie Richter thronten sie hoch über den Studenten, die inzwischen Platz genommen hatten.

Nachdem die Türen geschlossen waren und allgemeine Ruhe herrschte, erhob der Vorsitzende seine Stimme:

»Prüflinge, Ihnen ist die Ehre zuteil geworden, hier Ihr Examen abzulegen. Über dessen Inhalt haben Sie ein Leben lang Stillschweigen zu bewahren, alles andere können Sie erzählen, wenn Ihnen Diskretion nichts bedeutet. Bevor ich die Aufgabenstellung bekannt gebe, beantworte ich Ihnen eine Frage, die Sie vermutlich seit Beginn Ihres Studiums haben. Auch über diese Antwort haben Sie nichts zu erzählen. Die Frage lautet: warum ist dieser Raum so geheim? Es würde ja nichts ausmachen, wenn man ihn vorher kennen würde. Nun, es geht bei dem Verbot weniger um ihn als vielmehr darum, daß man gehorcht. Man soll diesen Saal nicht kennenlernen wollen, weil es verboten ist. Und warum ist Gehorsam so wichtig?«

Der Vorsitzende machte eine kurze Pause und warf einen stumpfen Blick auf die Zuhörer.

»Gehorsam ist ein wirksames Mittel gegen Denken. Unsere Gesellschaft kann nur funktionieren, indem einige Personen denken und die anderen tun, was sie sagen. Ständiger Widerspruch schwächt unsere Einheit und unsere Wirtschaftskraft. Proteste gegen Anordnungen kosten Zeit, die man mit effektiver Arbeit verbringen muß. Aus all diesen Gründen haben Sie bei uns gelernt, einem Regelwerk zu gehorchen, ohne es zu hinterfragen. Soviel hierzu! Sie bekommen jetzt Ihre Aufgaben zugeteilt und werden sie bearbeiten. Vor der Schlußzeit geht niemand auf Toilette oder gibt seine Arbeit ab. Fangen Sie an!«

Der Blick des Vorsitzenden wurde starr.

Aminta konnte sich auf ihre Aufgaben nicht konzentrieren. Verstohlen beobachtete sie die Prüfer und Kommilitonen. Sie verstand nicht, daß niemand protestierte.

Einst hatte man ihr von dem Jahre 1968 erzählt, als die Jugend gegen die Selbstzufriedenheit der Elterngeneration protestiert hatte. Doch in den folgenden Jahrzehnten war man immer stiller geworden. Man tat seinen Unmut nicht mehr kund, weil man um seinen Arbeitsplatz fürchtete, man fühlte sich Behörden gegenüber oftmals wie ein Bittsteller. Banken und Konzerne übernahmen die Macht; sie befahlen der Politik, was zu tun sei. Wehrte sich doch einmal ein Politiker dagegen, verwies man in aller Höflichkeit darauf, daß man in diesem Falle leider gezwungen sei, eine

Entlassung größeren Umfanges vorzunehmen und Teile des Unternehmens ins Ausland zu verlagern, so leid es auch tue. Damit setzte man sich durch.

Aus Menschen wurde Material, ihr Wert bemaß sich nur noch nach ihrer Arbeitsleistung.

Aminta wußte, daß sie dabei war, mit diesem Examen ihre Seele zu verkaufen.

Doch welche Nachteile mochten ihr erwachsen, wenn sie jetzt die Arbeit nicht schrieb? Jahre des Studiums würden umsonst gewesen sein, sie würde nur einen ungelernten Job machen können, sie würde vielleicht sogar auf irgendeiner Liste eingetragen sein.

Aminta beugte sich über ihre Arbeit, begann gehorsam zu schreiben-

-und wurde durch das Schrillen des Weckers aus dem Traum gerissen. Jetzt sitzt sie aufrecht im Bett und vernimmt das Schnarchen ihres Mannes neben sich. Der hört den Wecker noch nicht einmal! Nachher wird sie wieder ins Geschäft gehen und Zigaretten verkaufen, wie sie es seit fünfzehn Jahren tut. Künstlerin wollte sie werden, aber was ist sie? Nun ja, von Kunst kann man nicht unbedingt leben, einen anständigen Beruf sollte man haben- so redeten es ihr die Eltern ein. Ein Leben lang schon tut sie, was andere ihr befehlen, was andere als gut für sie bestimmt haben. Aus Bequemlichkeit und Angst vor Konsequenzen tut sie das seit vielen Jahren, und das sind auch die einzigen Beweggründe, die jemanden veranlassen könnten, ein solch groteskes Studium wie das in ihrem Traum zu absolvieren.

Aminta setzt sich vor den Spiegel und beginnt sich zu schminken. Wird sie weiterhin gehorchen und ein Rädchen in einer großen Maschine sein, ihrem Mann, ihrem Chef und den Menschen in ihrem Umfeld zu Willen sein und dabei vergessen, daß sie selbst ein Mensch und eine Künstlerin mit eigenen Bedürfnissen ist? Wie lautet die Antwort auf diese Frage?

Aminta legte ihren Prüfungsbogen beiseite, stand auf, schritt quer durch den Saal, riß einen der Türflügel auf und verließ den Raum mit festen Schritten.

Als man Jahrhunderte später die Gebäude fand, saßen Prüfer und Studenten noch immer darin, starr und leblos. Nur ein Platz war frei. Auf dem Pult dieses Platzes fand man ein Blatt mit nur einem einzigen Wort. Es lautete: NEIN.

Das grüne Zimmer

Eine kleine Wohnung auf der anderen Straßenseite quer gegenüber meiner neuen Praxis, das war genau das, was ich mir zu Beginn meiner Laufbahn als Arzt gewünscht hatte. Die Straße lag in einem Vorort Cordobas, der schon damals durch seine schönen Gebäude und grünen Bäume auffiel. Viel ist davon nicht mehr übriggeblieben.

Das gilt auch für die Leute. Trotz des ziemlich konservativen Charakters, den das Viertel aufwies, wohnten dort zu jener Zeit Linksintellektuelle, Theaterleute und Künstler, kurz gesagt: Leute, in denen Franco zu Recht Gegner vermutete. Zu Beginn seiner Diktatur verschwanden die meisten. Ich habe jedenfalls niemanden mehr gesehen.

Als ich die Wohnung mietete, sollte es noch lange dauern bis zu dieser Katastrophe. An jenem Tag hatten wir Frühling, genauer gesagt den 25. April 1934.

Im Erdgeschoß unterhalb meiner Wohnung befand sich ein Laden. Mir war es recht, keine Mitbewohner zu haben, denn so konnte ich nach Herzenslust Musik hören oder bis in den späten Abend Gäste bei mir haben, ohne jemanden mit unseren Gesprächen zu stören. Hierfür stand mir ein großes Wohnzimmer zur Verfügung, durch dessen große Scheiben ich die ganze Straße überblickte und natürlich auch meine Praxis sah. Abgesehen von diesem Raum, Küche, Bad und Diele gab es noch ein kleines Zimmer, das man nur vom Wohnzimmer aus betreten konnte.

Als der Vermieter mich in diesen Raum führte, staunte ich nicht schlecht. Das Zimmer war noch komplett eingerichtet. Schwere Möbel aus dunklem Holz bildeten einen harmonischen Gegensatz zur silbrigen Tapete, die mit Blumen, Blättern und Ranken aus feinem tannengrünem Stoff überzogen war. Im Regal am Bett bemerkte ich viele Bücher, darunter Gesamtausgaben von bedeutenden Dichtern und Philosophen. Eine leere chinesische Vase stand auf dem Schreibtisch am Fenster.

»Was ist das?«, fragte ich. »Wollte mein Vormieter all diese Sachen nicht mehr haben?«

»Nein.« Der alte Mann hüstelte. »Ihre Vormieterin war eine junge Frau, die auch gerade mit dem Studium fertig war, so wie Sie. Ehrlich gesagt glaube ich nicht, daß sie von hier wegwollte, denn sie hatte noch viele Pläne.«

»Aber sie ist dann doch gegangen?«

»Kann ich Ihnen nicht sagen. Eines Tages war sie weg. Ich hatte noch am Morgen mit ihr gesprochen, dann ging sie los, Zigaretten holen. Aber sie kam nicht wieder.«

»Und sie hat nichts mitgenommen?«

»Nein.«

»Das klingt aber doch sehr nach einem Verbrechen oder Selbstmord.«

»Weiß ich nicht. Natürlich hab ich die Polizei gerufen, die hat auch gefahndet, aber nix gefunden. Schließlich hat man die Suche aufgegeben. Ich hab dann noch zwei Monate gewartet, bevor ich versucht hab, die Sachen hier zu verkaufen. Aber niemand wollte sie haben.«

»Das verstehe ich nicht«, sagte ich. »Diese Möbel und Bücher sind doch wertvoll. Sowas müßte sich eigentlich für einen guten Preis verkaufen lassen.«

»Dacht ich auch, aber es scheint, die Leute haben im Moment nicht soviel Geld. Vielleicht ist auch der Stil nicht mehr gefragt. Alle waren vorher begeistert, aber als sie dann hier reinkamen, fingen sie an herumzudrucksen und verzogen sich ziemlich schnell. Tatsächlich hab ich absolut nix aus diesem Raum verkaufen können. Wenn Sie den Kram nicht haben wollen, stell ich ihn in den Keller.«

»Das wird nicht nötig sein. Das Zimmer gefällt mir. Was ich mich nur frage: wieso hat denn dann das Wohnzimmer keine Möbel? Haben Sie die verkaufen können?«

»Nein, die Einrichtung dort war von mir. Die Inez wollte noch Mobiliar für die Stube kaufen und bat mich, ihr noch mit eigenen Sachen auszuhelfen, bis sie sich eigene besorgt hatte. Aber dazu kam´s ja dann nicht mehr. Also…« Der alte Mann gähnte. »Stellen Sie ruhig Ihre Sachen hier rein und nutzen Sie den Raum von der Inez, wie es Ihnen gefällt.«

»Schauen Sie mal!« Ich hatte während seiner Rede mehr spielerisch Schubladen aufgezogen und unter bedeutungslosem Kleinkram ein Foto gefunden. »Ist sie das?«

»Ja, das ist sie.«

»Wer ist denn der Mann neben ihr?«

»Das war ihr Freund, ein unangenehmer Typ! Angeblich ein Adeliger, Juan de la Windsor oder wie immer der hieß. Die haben sich oft gestritten. Wo sie den wohl aufgelesen hat?«

Als mein Vermieter gegangen war, sah ich mir das Foto noch einmal genauer an. Juan brauche ich nicht näher zu beschreiben; er schien mir zu jener Klasse von Männern zu gehören, die außer ihrem großen Mundwerk nichts zu bieten haben.

Inez empfand ich nicht als schön. Die Gesichtszüge wirkten streng und unharmonisch, aber ihre Augen sprachen mich an. Sie erschien mir durchgeistigt und sensibel. Für eine Studentin wirkte sie ziemlich alt. Trotzdem: eine interessante Gesprächspartnerin wäre sie sicher gewesen.

Auf dem Foto hielt sie einen Blumenstrauß in der Hand. Dies erinnerte mich an die leere Vase auf meinem Tisch.

»Scheint, daß du Blumen gern hattest«, murmelte ich.

»Naja, da können wir nachhelfen.«

An diesem Nachmittag mußte ich ohnehin noch einkaufen; so besorgte ich einen Blumenstrauß und füllte die Vase. Ein reicher Duft erfüllte den Raum. Er erinnerte mich daran, daß ja Frühling war. Erst in drei Tagen würde ich meine Praxis eröffnen, also konnte ich ihn noch genießen. Ich begab mich in den Park.

Der Abend dieses ersten Tages war seltsam. Die Ereignisse dieses Tages hatten mich erschöpft, und so begab ich mich ziemlich früh ins Bett. Aber ich konnte nicht einschlafen. Woher kam nur das Gefühl, daß sich irgendetwas im Raume verändert hatte? Worin bestand diese Veränderung? Mehrmals knipste ich das Licht an und sah mich um, aber ich konnte beim besten Willen nichts entdecken.

Inez beschäftigte mich. Es kam mir vor, als läge ich in einer fremden Wohnung, als wäre ich widerrechtlich in die privateste Sphäre eines anderen Menschen eingedrungen. Möglicherweise war es ja auch so; wer konnte denn sagen, ob Inez nicht gleich zur Tür hereinkam? Was konnte mich denn so sicher machen, daß sie nicht mehr lebte? Wohin mochte sie gegangen sein? Was war geschehen auf dem Weg zum oder vom Zigarettenhändler?

Es gibt Dinge, die wohl niemand wirklich erklären kann. Hierzu gehört die Frage, ob ein Mensch eine Aura besitzt, durch die man seine Anwesenheit bemerkt, selbst wenn man ihn nicht sieht oder hört. Jedenfalls verspürte ich auf einmal eine solche Aura. War dies die Veränderung? War ich nicht mehr allein in diesem Zimmer?

Ich spähte durch die Dunkelheit, konnte aber nichts

sehen. Die Stille in diesem Raum wirkte merkwürdig; irgendetwas stimmte nicht.

»Inez?«, flüsterte ich. »Bist du da?«

Keine Antwort. Dennoch sprach ich weiter, vielleicht auch, um mir mit dem Klang meiner Stimme Mut zu machen. Als ich es das letzte Mal getan hatte, war ich noch ein Kind gewesen.

»Inez«, sprach ich leise weiter, »wir kennen uns nicht. Ich heiße Armando Mendoza und bin Arzt. Wenn du da bist, will ich dir dies sagen: ich bin kein Feind und auch nicht hier, um dir deine Wohnung wegzunehmen. Sprich mit mir! Erzähl mir, wo du bist und was geschehen ist. Sieh in mir einen Freund.«

Stille. Die Vorstellung, daß sie neben dem Bett stünde und schwer atme, war so stark, daß ich meine Ohren spitzte in dem verzweifelten Bemühen, sie zu hören. Doch es kam einfach nichts.

»Autosuggestion«, murmelte ich. »Nichts sonst, das solltest du doch kennen.« Schließlich raffte ich mich auf. »Inez«, sagte ich, diesmal mit lauter Stimme, »wenn du noch lebst und dich verständlich machen kannst, dann mach dich mir bemerkbar. Ich werde für dich da sein.«

Damit drehte ich mich auf die andere Seite und stellte mir vor, daß jemand mein Zimmer verließe und ganz leise die Tür betätige, um meinen Schlaf nicht zu stören. Ich tastete solange nach dem weichen Stoff auf der Tapete, bis ich einschlief. Ein wunderschönes dunkles Grün hat dieser Stoff, dachte ich noch, schade, daß er in dieser Dunkelheit schwarz wirkt…

»Nein«, antwortete ich am nächsten Tag dem Zigarettenhändler. »Ich bin Nichtraucher. Ich wollte Sie nur fragen, ob Sie die Frau auf diesem Foto kennen.«

»Bist du ein Verwandter von der Dame?«

»Nein, ihr Nachfolger als Mieter. Wahrscheinlich sind Sie die letzte Person, die sie lebend gesehen hat. Vielleicht können Sie mir sagen, wohin sie gegangen ist.«

»Bist du ein Bulle oder was?«

»Nein, ich sagte doch schon-«

»Paß auf, Mann, ich kenn die nicht. Und wenn ich die kennen würde, würd ich's dir nicht sagen. Wünsch noch einen schönen Tag!«

Der diensthabende Polizist zuckte mit den Schultern. »Es tut mir leid, Herr Doktor Mendoza, aber ich habe da ganz eindeutige Vorschriften. Sie sind kein Verwandter dieser Dame, auch nicht von der Justiz, deswegen darf ich Ihnen auch keine Auskunft über den Fall und unsere Ermittlungen geben. Ich bedaure.«

So sahen die wahrhaft phänomenalen Erfolge dieses Tages aus. Vielleicht hätte der Polizist mehr gesagt, wenn ich ihm mitgeteilt hätte, daß nach meiner Vermutung Inez noch am Leben und vielleicht in der Nähe sei. Aber diese Vermutung war ja völlig unbegründet. Sie beruhte lediglich auf einer Einbildung, die man noch nicht einmal eine Wahrnehmung nennen konnte. Andererseits dürften meine Vorgänger auch etwas bemerkt haben, denn sie waren ja unruhig geworden und schnell wieder gegangen, bevor ein Mietvertrag zustande gekommen war.

Zu diesem Zeitpunkt gab es für mich nur noch zwei Möglichkeiten: entweder spürte ich die Nähe von Inez' Geist oder bildete mir das alles überhaupt nur ein. Doch ich wußte- und fragen Sie mich bitte nicht, woher ich es wußte, denn diese Frage könnte ich nicht beantworten-, daß sie noch am Leben war.

Eine Woche später bekam ich Gelegenheit zur Unterhaltung mit Dr. Cammarano, einem angesehenen Psychiater, dem ich einen Patienten überwiesen hatte. Nachdem ich alle wesentlichen Daten durchgegeben hatte, rief er mich an, weil er noch einige Details benötigte. Als wir damit fertig waren, erzählte ich ihm den Fall und bat ihn um seine Meinung.

»Ja, wissen Sie«, erwiderte er nachdenklich. »Ich kann Ihnen schlecht eine Antwort geben. Ich persönlich bin davon überzeugt, daß jeder Mensch eine wahrnehmbare Aura besitzt. In meiner langen Praxiserfahrung habe ich auch festgestellt, daß einige Leute nachweisbare Wahrnehmungsmöglichkeiten haben, die es eigentlich gar nicht geben dürfte. Ist also schon möglich, daß die Frau lebt und noch da ist. Obwohl ich es andererseits für ziemlich unwahrscheinlich halte. Also insgesamt denke ich, daß es müßig ist, sich Gedanken zu machen über eine Sache, in der Sie keine Klarheit gewinnen können. Sie sollten den Fall beilegen und Ihre Gedanken auf die Realität wenden.«

Das tat ich dann auch, zumindest äußerlich. Doch nutzte ich weiterhin die chinesische Vase, um immer duftende Blumen in meinem Zimmer zu haben, erzählte der mysteriösen Inez allerlei aus meinem Alltag und fühlte mich ihr weiterhin verbunden. Mit anderen Menschen sprach ich nicht mehr darüber. Dennoch setzten sich die Wahrnehmungen fort. Meistens wußte ich, daß ich alleine war, aber immer wieder gab es auch Nächte, wo ich mir fast sicher war, daß Inez auf meiner Bettkante oder an meinem Schreibtisch saß.

Eine Wendung in dieser Angelegenheit trat ein, als ich meiner imaginären Freundin zu ihrem Geburtstag (ich kannte das Datum durch meinen Vermieter) einen riesigen Blumenstrauß in die Vase setzte. Ich sprach meine

Gratulation in den Raum hinein, wünschte ihr alles Gute, wo sie jetzt auch immer sei, und trank einen Schluck auf ihr Wohl.

Als ich mich in meine Praxis begab, gewahrte ich einen Fetzen Papier auf dem Weg. Ich hob ihn hoch und las: »Danke schön. Das finde ich sehr lieb von dir.«

Wo kam das her? Sicher war der Zettel aus der Tasche irgendeines meiner Patienten gefallen. Trotzdem hob ich ihn auf und legte ihn zu dem Foto in der Schublade.

Am selben Abend las ich einen Arztbericht durch, den ich kurz zuvor verfaßt hatte. Alles hatte ich sauber mit der Schreibmaschine getippt, und nun las ich in meiner eigenen Handschrift mit Bleistift auf der letzten Seite: »Wer bist du?«

Wann und wieso hatte ich denn das geschrieben? Ich konnte mich gar nicht daran erinnern. Also radierte ich es aus.

An diesem Abend spürte ich wieder sehr intensiv ihre Nähe. Doch mittlerweile hatte ich es mir angewöhnt, unabhängig davon einzuschlafen. So drehte ich mich zur Wand und döste ein. Langsam drang eine sanfte warme Frauenstimme an mein Ohr: »Sprich mit mir.«

Ich fuhr herum- und da saß sie! Auf meinem Stuhl an meinem Schreibtisch mit der qualmenden Zigarette in der Hand!

Hellwach suchte ich mit fahrigen Fingern nach dem Schalter meiner Nachttischlampe und knipste sie endlich an. Aber was hatte ich denn erwartet? Der Stuhl war so leer wie die Luft rein. Ein Traum hatte mich genarrt. Und doch wuchs in mir die Gewißheit, daß es nun Kontakt gab und wir bald miteinander reden würden.

»Hör zu, Inez«, sagte ich im Bett sitzend. »So geht das nicht weiter. Bist du ein Phantom oder ein Geist? An

beides glaube ich nicht. Ich möchte Dich gerne kennenlernen. Von Angesicht zu Angesicht. Bitte komm mich
besuchen oder lade mich zu dir ein. Paß auf: ich stelle
jetzt das Nachtlämpchen aus- so- und nun strecke ich
dir die Hände entgegen. Wenn du willst, kannst sie jetzt
nehmen und mich zu dir holen, wo immer das ist. Warte
nicht länger.«

Inez hat meine Hände nicht genommen, nicht mit mir
gesprochen und mir nicht erzählt, was an jenem Tage geschah, an dem sie verschwand. Aber sie war da. Mal roch
ich Blumen, obwohl ich keine in die Vase gestellt hatte, ein
anderes Mal spürte ich ein sanftes Streicheln auf meinen
Wangen, selten sogar einen zärtlichen Kuß auf meinen
Lippen. Es wurden schöne Jahre, weil ich wußte, daß ich
nicht allein war. Es gab keinen Ehekrach, keine Alltags-
probleme, aber natürlich auch keine Kinder. Mir machte
das nichts. Mehr und mehr wuchs in meiner Vorstellung
ein klares Bild von Inez, und so erstaunlich es war: ich
sehnte mich nicht nach anderen Frauen, obgleich ich mir
dann und wann auch einmal ein Abenteuer genehmigte.

Wenige Jahre darauf kam Franco an die Macht. Es dauerte auch gar nicht lange, bis man eine Haussuchung bei
mir vornahm. Meine sozialistischen Bücher wurden be-
schlagnahmt, da war nichts abzuleugnen. Jetzt sitze ich in
der Zelle und warte auf das, was sie mit mir tun werden.
Ich kann mir schon ausmalen, was das ist. Aber nachts
in meinen Träumen befinde ich mich meistens wieder im
grünen Zimmer. Inez taucht darin nicht auf. Warum sollte
sie auch? Sie wohnt ja nun bei mir in meiner Zelle. Ja, sie
hat mich begleitet. Wenn ich auch jahrelang bedauerte, sie
nicht sehen zu können, so freue ich mich jetzt darüber: die

Polizisten sehen sie auch nicht und können sie mir nicht wegnehmen. Inez wird bei mir bleiben bis zu meiner letzten Stunde. Wo immer sie auch sein mag!

Kälte der Nacht

Es war eine sehr kalte Nacht, und sie erschien noch kälter durch den Wind, der um die Hausecken pfiff und schneidend ins Gesicht biß. Der Schnee lag knöcheltief auf der Straße und bedeckte wie ein Mantel die Autos, die geradezu unförmig wirkten.

Als er die Augen öffnete, fielen ihm als erstes die Straßenlaternen auf, die trübe durch das dichte Schneetreiben leuchteten und doch kaum imstande waren, Licht zu spenden. Dann fiel sein Blick auf die Häuser dieser Straße in einem Wohngebiet. Aus den Fenstern schien es noch trüber, und doch wußte er sofort, daß Wärme und Leben nur dort zu finden waren.

Von der Straßenlaterne, neben der er stand, hing ein großer Eiszapfen herab, so klar und rein wie ein Bergkristall. Merkwürdigerweise bildete sich trotz der Kälte an seiner Spitze ein Tropfen Wasser, der allmählich größer wurde und schließlich herabfiel, um ein kleines Loch in der Schneedecke zu hinterlassen.

Wie schön, dachte er, diese Tropfen sehen aus wie Diamanten, in denen sich das Licht bricht. Er hielt die Innenfläche seiner Hand unter den nächsten immer dicker werdenden Tropfen und wartete, bis dieser schließlich auf sie fiel. Das Licht glitzerte in diesem Tropfen, je nachdem, wie die Hand bewegt wurde. Dann begann er wieder zu erstarren und kristallisierte in der gläsernen Hand zu Eis.

Von diesen Betrachtungen wurde der Stehende abgelenkt durch den Klang eines Weihnachtsliedes. Er spähte durch das Fenster des Hauses, neben dem er stand, in das Wohnzimmer und gewahrte eine festlich geschmückte Stube. Gerade neben dem Fenster befand sich ein Weihnachtsbaum mit goldenen und silbernen Kugeln, unter dem die Überreste von Geschenkpapier lagen. Ein kleiner Junge saß auf dem Boden und spielte mit dem Modell eines Panzers, um den viele kleine Figuren herumlagen, die offensichtlich erschossene Soldaten darstellten.

Wie niedlich, dachte der Beobachter, das Kind spielt so begeistert und lernt dabei soviel über das Leben. Da fiel ihm ein, daß er schon lange nicht mehr das kleine Mädchen gesehen hatte, das bisher als einziges Wesen mit ihm gesprochen hatte. Sie kam oft mehrmals am Tag, aber heute hatte er vergeblich auf sie gewartet. Sicher ist sie krank geworden, dachte er, das kommt vor. Ich will auf sie warten.

So geschah es. Aber da er keinen Begriff von Zeit hatte, begann er sich erst nach einer Stunde allmählich zu langweilen. So überlegte er, was er heute alles an Interessantem und Erzählenswertem gesehen hatte. Zum Beispiel erschien es ihm seltsam, daß er, als Schneemann gebaut, nun auf einmal eine gläserne Eisgestalt besaß. Er verschwendete nicht einen Gedanken daran, daß dies eine Zaubernacht war, nämlich die des Heiligen Abends, in der solche Dinge schon einmal vorkommen können. Er wollte mit dem Mädchen spielen. Welche Spiele kannte er denn? Hier kam er in Verlegenheit, denn er kannte gar keine, aber er würde sich schon welche einfallen lassen, um seine kleine Freundin zu unterhalten. Ohne sie fühlte er sich ein wenig einsam. Und weil er sich den Kopf darüber zerbrach, wie man am besten miteinander spielen könne, kam er auch nicht auf den Gedanken, daß das Kind ihn längst vergessen haben könnte. So war es aber.

Schließlich wurde es ihm doch zu kalt. Langsam setzte er einen Fuß vor den anderen- jawohl, neuerdings besaß er bewegliche Beine- und begann sich vorwärts zu bewegen.

Das Haus, in dem das Kind wohnte, kannte er nicht, aber er wollte es suchen.

Fast fünf Minuten brauchte er, bis er wankend und über seine eigenen Füße stolpernd, das nächste Haus erreicht hatte. Auf dieser Straßenseite gab es nur baugleiche Reihenhäuser, und so konnte er auch hier in das Fenster des Wohnzimmers blicken. Da vernahm er lautes Geschrei, und das, obwohl das Fenster doch geschlossen war!

Im Inneren schrien sich ein Mann und eine Frau an, während ein Kind heulend auf dem Teppich hockte und sich gar nicht beruhigen konnte. Auf einem Sofa saßen zwei alte Menschen neben einem Weihnachtsbaum und schnatterten lebhaft in den Lärm hinein. Wie schön, dachte der Eismann, sie beschäftigen sich miteinander und reden offensichtlich über sehr spannende Themen. Jeder nimmt sich für den anderen Zeit und erzählt ihm etwas. Und dem Kind kommt Wasser aus den Augen wie bei meinem Eiszapfen, und genauso spiegelt sich das Licht darin. Das finde ich sehr nett, aber ich werde vielleicht doch besser nicht anklopfen. Man sollte nicht stören, wenn sich andere so angeregt unterhalten.

So stelzte er weiter zum dritten Haus. Dort gab es keinen Weihnachtsbaum. Dafür saß ein junger Mann vor einem leuchtenden Viereck und tippte unentwegt auf eine Tafel mit vielen Knöpfen ein, die vor ihm lag. Wozu mochte das wohl dienen?

Durch das Fenster des vierten Hauses erblickte der Eismann noch mehr Wunderliches. Auch hier gab es ein Sofa hinter einem Tisch mit mehreren Kerzen, die dunkel emporragten. Ein Mann und eine Frau saßen auf diesem Sofa, umschlangen sich sehr fest und preßten dabei- der Eismann konnte es kaum glauben- die Lippen aufeinander. Was tun sie da, dachte er, essen sie sich gegenseitig auf? Falls ja, brauchen sie aber sehr lange. Sicher schmeckt das ganz besonders gut? Naja, vielleicht lerne ich das auch einmal kennen.

Plötzlich verspürte der Eismann etwas, das er noch nie gefühlt hatte. Er wünschte sich, er könne auch so etwas tun, und er verstand es nicht. Der Wunsch, nach all diesen Beobachtungen das Mädchen zu treffen und zu befragen, wurde stärker. Sie würde ihm sagen können, was diese Beobachtungen zu bedeuten hatten.

An diesem Abend liefen keine Menschen auf den Straßen umher, es fuhren auch keine Autos, und die Stille verunsicherte ihn. Sein Blick fiel auf die Straße und in das Schneegestöber. Warum war es nur so kalt?

Verunsichert schaute der Eismann hinter sich und bemerkte, daß er keine Spuren hinterlassen hatte. Alle Menschen hinterlassen doch Spuren, dachte er verwirrt, aber ich nicht. Wie kann dies sein?

Unschlüssig tappte er weiter, um durch das Wohnzimmerfenster des fünften Hauses zu blicken. Und hier sah er etwas, das er nicht schön fand.

Ähnlich wie in den anderen Zimmern stand auch hier ein Baum, geschmückt mit Kugeln und Kerzen, , aber hier befand sich nur ein einzelner Mensch, eine junge Frau, die an einem Tisch saß. Vor ihr lag ein Gedeck, bestehend aus einem blanken Teller und glänzendem Besteck. Aber es lag kein Essen auf dem Teller, und die Frau stand auch nicht auf, um sich welches zu holen. Versonnen saß sie auf ihrem Stuhl und überlas immer wieder einen Brief in ihrer Hand. Dabei sah sie sehr traurig aus.

Hoppla, dachte der Eismann, hier stimmt etwas nicht! Es sieht so nett bei ihr aus, und doch freut sie sich nicht? Ob das an dem Ding in ihrer Hand liegt? Vielleicht vermißte sie auch Menschen, so wie er? Sie war ja allein, und ein leuchtendes Viereck befand sich auch nicht in diesem Raum.

Vielleicht, so grübelte der Beobachter, wäre es ihr recht, wenn ich hineinginge und sie begrüßte? Ich würde den schneidenden Wind nicht mehr fühlen, und sie könnte mit mir spielen. Schließlich weiß ich doch nicht, wann das Mädchen kommt. Andererseits könnte sie gerade jetzt da stehen, wo ich aufgewacht bin, und sich fragen, wo ich bin. Vielleicht macht sie sich auch Sorgen? Nun, ich werde jetzt hineingehen und mich ein wenig mit der Frau unterhalten, dann gehe ich zurück.

In diesem Moment stand die Frau auf und verließ das Zimmer. Der Eismann besann sich nicht länger; er stapfte zur Haustür und klopfte an. Es erfolgte keine Reaktion.

In dem Moment, als er zum zweitenmal anklopfte, kam der Mond hinter den Wolken hervor, und sein kaltes weißes Licht ergoß sich über den Schnee. Für einen Moment gewahrte der Eismann seinen Schatten, dann verblaßte dieser. Als der Besucher an sich heruntersah, stellte er fest, daß das Mondlicht durch seinen eisigen Körper schien und ihn von innen heraus leuchten ließ. Das ist schön, dachte er, ein günstiger Zufall. Ich werde ihr gefallen, und vielleicht möchte sie mich ja auch essen wie die Frau, die vorhin an dem Mann knabberte.

Als er klopfte, verschwand seine Hand auf einmal in der mondbeschienenen Tür. Sie gab ihm keinen Widerstand, obwohl sie doch verschlossen war. Verdutzt trat er durch die geschlossene Tür, die sich nicht kalt anfühlte. Nun stand er in der Diele der Wohnung.

Dieser Raum war dunkel. Man brauchte etwas Zeit, um sich an das schwache Licht zu gewöhnen. An der gegenüberliegenden Wand gewahrte der Eismann eine Treppe, die nach oben führte, sowie zwei verschlossene Türen. Zu seiner Rechten und Linken sah er ebenfalls je eine Tür, die ein wenig offenstanden. Die Linke führte in den Wohnraum, den der Gast von draußen gesehen hatte. Er trat ein.

Eine wundervolle Wärme empfing ihn. Ein so schönes Gefühl kannte der Eismann noch nicht. Er trat langsam vor, umrundete den Tisch und näherte sich dem Fenster, als er plötzlich zusammenschrak.

Draußen stand ein Mann, gehüllt in einen schweren Mantel, der sich seinen Hut tief ins Gesicht gezogen hatte. Aber seine Augen konnte der Eismann doch sehen, und sie starrten ihn an. Sie folgten seinen Bewegungen, doch verzog der Mann keine Miene; er beließ auch die Hände in den Manteltaschen und stand so unbeweglich in der dunklen Kälte vor dem Fenster, daß man meinen mochte, er sei nun ebenfalls zu Eis erstarrt. Über ihm zog eine Wolke über den Mond.

Für einige Momente erwiderte der Eismann die Blicke des Fremden, dann wurde es ihm langweilig, und er wandte sich dem Weihnachtsbaum zu. Sein gläserner Finger berührte den schwarzen Docht der Kerze direkt vor ihm und strich über das Wachs. Das fühlt sich gut an, dachte er, was mag das wohl sein?

Als seine Neugier erwachte, vergaß der Gast die Frau, die doch jeden Augenblick zurückkommen mußte, denn es gab soviel Aufregendes, das seine ganze Aufmerksamkeit in Anspruch nahm: die Schönheit des Baumes, der würzige Geruch seiner Nadeln, die Dunkelheit im Raum, das Ticken der Wanduhr, welches als einziges Geräusch sein Ohr erreichte, und vor allem die wunderbare Wärme, die seine Glieder durchflutete und das Eis seines Körpers wunderbar weich und biegsam werden ließ.

Noch immer stand der Fremde vor dem Fenster und blickte reglos auf den Eismann, den die Wärme immer beweglicher werden ließ. Ihm fiel nicht auf, daß er allmählich zu tropfen begann. Stattdessen berührte er mit seinem Finger noch einmal die Kerze.

Da fiel ein Tropfen von seinem Finger auf den Docht der Kerze, welche nur darauf gewartet zu haben schien: sie begann zu brennen. Zum ersten Male in seinem Leben erblickte der Gast Feuer, und nichts von dem, was er bisher gesehen hatte, dünkte ihm so schön und so warm zu sein. Als er die nächste Kerze berührte, entflammte auch sie. Auf einmal standen alle Kerzen des Baumes in Flammen. Wie ist das wunderschön, dachte er, und so herrlich warm. Warum wohl mag diese Frau so traurig gewesen sein, da sie doch gar nicht in dieser Kälte draußen hatte stehen müssen? Warum kommt sie nicht zurück?

Nun mittlerweile sehr beweglich geworden, verließ der tropfende Eismann die Stube, durchquerte die Diele und trat durch die gegenüberliegende Tür in das Schlafzimmer der fremden Frau. Merkwürdig: auch hier befand sie sich nicht. Das Bett war frisch bezogen, alle Bücher standen sorgfältig aufgereiht in einem Regal über dem Bett. Auf dem Nachttisch stand ein Foto, das die Frau fröhlich lachend neben einem Mann irgendwo auf sandigem Boden im Sonnenschein zeigte, daneben lag das Papier, das sie vorhin unentwegt gelesen hatte, neben einem halbvollen Glas Wasser und einem leeren Tablettenröhrchen.

Der Eismann verstand das alles nicht. Was ging hier vor? Auch hier war es warm, doch fröstelte er, als wisse er, daß irgend etwas nicht in Ordnung war. So beeilte er sich, in die Stube zurückzukommen.

Dort gefiel es ihm noch besser als zuvor. Nicht nur die Kerzen brannten an dem Baum, auch die kleinen Zweige knisterten schon, die sich über ihnen befanden.

Plötzlich schrak der Eismann zusammen, denn ein lautes Klingeln schrillte durch den Raum. Es kam von einem seltsamen Gerät mit lauter Tasten, ähnlich jenen, auf denen der junge Mann vorhin herumgetippt hatte. Während es schrillte und sich der Gast vorsichtig näherte, wurde es aus der Stube immer heller und heißer. Plötzlich brach das Schrillen ab, und nach wenigen Sekunden ertönte eine Stimme, die sprach:

»Hallo, hier spricht Felix. Wenn du das hörst, ruf mich bitte sofort an. Ich mache mir Sorgen um dich. Ruf an, egal, wann du das hörst, ja? Auch mitten in der Nacht! Tschüß!«

Nun gab das seltsame Gerät keine Töne mehr von sich. Dafür vernahm der Gast nunmehr ein lautes Prasseln hinter sich. Der Baum stand in lodernden Flammen, und Hitze schlug ihm entgegen.

Nun endlich bemerkte der Eismann die Gefahr; er wandte sich um und rannte aus dem Haus heraus, wobei er Glück hatte, daß er mühelos durch die geschlossene Tür kam, sonst hätte er sich böse den Kopf gestoßen.

Gelbes und rotes Licht flackerte aus dem Fenster und fiel auf die Schneedecke. Vermutlich hätte der Eismann, der noch im letzten Moment entkommen war und nun allmählich zu tropfen aufhörte, nur noch auf diese Flammen geachtet, aber da fiel ihm etwas auf, was ihm den Mund offen stehen ließ: er sah die Frau!

Langsam ging sie die Straße hinunter, schwer gestützt auf den Arm des neben ihr gehenden Mannes mit dem starren Gesicht und dem Hut. Einmal knickten ihr fast die Knie ein, so müde schien sie zu sein. Aber der Mann hielt sie mit festem Griff, und so näherten sie sich dem anderen Ende der Straße und bogen schließlich um die Ecke.

Klirrend zerbarst die Fensterscheibe, und prasselnd schlugen die Flammen bis auf die Straße.

Da wich der Eismann zurück. Nein, sagte er sich, das sehe ich mir besser nicht an. Er wandte sich um und eilte die Häuserzeile entlang zurück an den Platz, von dem er aufgebrochen war. Aufatmend beschloß er nun, hierzubleiben und nicht seiner Neugier nachzugeben, sondern auf das Mädchen zu warten, was er wohl von Anfang an hätte tun sollen. Der eisige Wind ließ das Wasser an ihm wieder gefrieren, und noch während die Martinshörner erklangen und die Feuerwehrmänner laut rufend den Platz absperrten, endete die magische Stunde. Aus dem Eismann wurde wieder ein Schneemann.

Als am nächsten Morgen die Leute kamen, um hinter der Absperrung die Löscharbeiten zu beobachten, fiel jemanden auf, daß das Gesicht dieses Schneemannes, der doch in sicherer Entfernung zum Brand stand, mit Ruß verschmiert war. Welch ein Zufall: der Ruß formte Gesichtszüge aus, die von großem Entsetzen zeugten und zu sagen schienen: »Ich habe gesehen!«

Aber es war wohl halt ein Zufall. Der Mann hielt sich nicht länger mit dem Schneemann auf, sondern er wandte sich an einen der Feuerwehrmänner, um sich zu erkundigen, was aus der Bewohnerin geworden war.

Sein Name war Felix…

Der Marquis und der Kater

Sicher wäre Jean Jacques Marquis de Roncefort zu Zeiten Robespierres mehr als nur guilloutiniert worden, denn nie habe ich einen Menschen gesehen, der seine Adelsprivilegien so übel mißbrauchte wie dieser Mann. Ich war nur für kurze Zeit sein Kammerdiener, aber ich war auch der letzte.

Roncefort besaß Geld wie Heu, und er setzte es bewußt ein, um Menschen von sich abhängig zu machen und dann seine Forderungen zu stellen. Sein Ziel war ein machtvolles Amt bei Hofe, und unser König, Ludwig XVI., war ein schwacher Monarch, der nicht in der Lage und vielleicht auch nicht willens war, den Intrigen zu wehren, die um ihn herum manchmal ganz offen begangen wurden.

Der Marquis verfügte über viele Stärken, so über Geduld, hohe Bildung oder eine schnelle Auffassungsgabe, doch nutzte er sie nur zum Schlechten. Liebe, Mitmenschlichkeit oder Barmherzigkeit waren nicht seine Welt. Aber wenn er auch die Liebe nicht kannte, so war er doch von einem starken Geschlechtstrieb geprägt. So erklärt es sich, daß er im Mai des Jahres 1781 Marie de Garonne heiratete, die erst sechzehnjährige Tochter eines unbedeutenden Barons, den er trotz seiner Bitten erst dann finanziell unterstützt hatte, nachdem er das Gesicht des Mädchens gesehen hatte.

Maries feine Gesichtszüge, ihre kleine zierliche Gestalt und ihre Schüchternheit waren genau das Richtige für den Geschmack Ronceforts. Und da der Baron wirklich keine andere Wahl hatte, überließ er seine Tochter meinem Herrn zum Fraß; er konnte lediglich durchsetzen, daß sie geheiratet wurde, damit sie nicht als Maitresse endete. Ihre

Familie konnte nichts dagegen tun, denn die Mutter war vor langer Zeit gestorben, und die Brüder dienten in der Garde, in der Marquis de Roncefort zuviel Einfluß besaß.

Die Mitgift, die das Mädchen mit in die Ehe brachte, bestand aus praktisch nichts. Das einzige, was sie mitbrachte und woran ihr Herz wirklich hing, war ein Kater mittleren Alters, der sehr zugänglich und verschmust war. Oft saß er schnurrend auf dem Ofen, wenn ich die Kleidung des Herrn ausbürstete oder Feuer machte. Auch schätzte er es sehr, zwischendurch ein Häppchen von mir zugesteckt zu bekommen oder auf meinem Schoß zu schnurren, während der Herr sein Eigentum bestieg und ich im Vorraum wartete.

Es war eine Tragödie. Der Marquis schätzte Jungfrauen, und er hatte die Schändung zur Vollkommenheit gebracht. Marie konnte nirgendwohin flüchten, da sie nach unseren Gesetzen faktisch Eigentum des Herrn war. Und wie konnte ich ihr helfen? Ich hatte schon dem Großvater und dem Vater des Marquis gedient und besaß trotzdem nicht annähernd so viel Geld, das für eine Flucht ausgereicht hätte.

Da eine Flucht aus ihrer Welt nicht möglich war, nahm Marie wieder eine Leidenschaft auf, die sie früher oft betrieben hatte: die Malerei. Sie malte überwiegend Landschaften oder Stilleben, aber auch Katzenbilder. In diesen Bildern pflegte sie eine Illusion von Harmonie und Schönheit, die in krassem Gegensatz zu ihrem realen Leben stand.

Das letzte Bild, das sie malte, erinnerte mich stark an Watteau. Auf einer paradiesischen Waldlichtung tummelte sich eine Gesellschaft junger Leute, von denen einige aßen oder tranken, andere sangen oder die Laute spielten. Vögel saßen in den Zweigen, und im Hintergrund gewahrte ich auch ein Liebespaar, das nur mit sich selbst beschäftigt war.

»Das ist ein wunderschönes Bild, Madame. Sie haben sich selbst übertroffen«, versetzte ich begeistert.

»Ach, Camille«, seufzte sie, »das ist doch nichts weiter als eine Traumphantasie. Wenn ich in einer solchen Welt leben könnte, wäre ich glücklich. Aber so merke ich nur, was ich alles nicht habe!«

Am Abend desselben Tages- es war der 4. November 1781- leistete sich der Marquis ein besonderes Vergnügen: er hatte sich eine ordinäre Hure von der Straße geholt und gedachte nun einmal anderes frisches Fleisch zu genießen, das einer raffinierten Frau mit großer Erfahrung. Das Weibsbild lachte schallend über irgendeine witzige Bemerkung des Hausherrn, als es zur Tür hereinkam. Da bemerkte es als erstes den Kater, der gerade auf der Treppe stand.

»Ach, wie süß!«, kreischte sie und sprang auf das Tier los. Natürlich erschrak dieses nicht wenig über die Fremde, die es noch nie gesehen hatte; also fauchte es und holte zum Tatzenhieb aus.

Die Hure sprang zurück. »Was ist denn das für ein widerliches Biest? So undankbar, wenn man es streicheln will!«

»Kümmer dich doch nicht darum«, versetzte Roncefort. »Es ist doch bloß ein blödes Vieh!«

Und mit diesen Worten trat er nach dem Kater, der dem Tritt gerade noch ausweichen konnte. Seine Frau, die in diesem Moment die Treppe herabkam, sah es.

»Was tust du da?«, rief sie erschrocken aus. »Laß doch den kleinen Kerl in Ruhe!«

»Halt den Mund! Was ich tue, ist meine Sache!«

Mit diesen Worten schob er seine Frau grob zur Seite und stieg mit der Fremden die Treppe hinauf. Ein Stöhnen unterdrückend kam Marie nun ganz herunter und verschwand in dem Seitenraum, wo sie an ihrem Gemälde arbeitete.

Ich war nicht wenig erstaunt, als der Kater nun nicht wie sonst zu mir kam, sondern die Treppe heraufsprang.

Als ich kurz danach meinem Herrn eine Karaffe mit Branntwein brachte und auf dem kleinen Tischchen im Flur abstellte, bemerkte ich das Tier, das im oberen Stock vor der geschlossenen Tür des Schlafzimmers saß und diese konzentriert fixierte, während drinnen die ordinäre Stimme rhythmisch stöhnte.

Es schien ein trostloser Abend zu werden. Ich konnte mich nicht hinlegen, weil ich bei solchen Gelegenheiten aufzuwarten hatte, und das bedeutete vor allem: Warten, warten, warten...

Doch für das, was kaum eine halbe Stunde nach dem Servieren des Branntweins geschah, habe ich keine Erklärung. Ich kann nur sagen, daß ich aus meinem dumpfen Brüten gerissen wurde durch die gellenden Schreie des Weibes, das die Treppe herunterstürmte und mich fast umriß, als sie panisch aus dem Haus rannte. Natürlich humpelte ich nun sofort zum Schlafzimmer, wo mir der noch rauchende Brandfleck an der Tür auffiel, dort, wohin der Kater gestarrt hatte.

Als ich die Tür aufriß, empfing mich ein grauenhafter süßlicher Geruch, der mich fast zum Erbrechen gebracht hätte. Diejenige Seite des Bettes, die eigentlich der Hausherrin zugestanden hätte, war zerwühlt, die des Marquis schien hingegen unberührt zu sein. Doch irgendetwas war anders. Erst als ich alle Kerzen des Kronleuchters angezündet hatte, sah ich die kunstvolle Stickerei in Kopfkissen und Decke, die einen friedlich ruhenden Toten darstellte, dessen Gesichtszüge diejenigen Ronceforts waren. So kunstvoll und detailreich stellte sich die Stickerei dar, als läge mein Herr tatsächlich dort auf dem Rücken, in den Kissen versunken, mit verschränkten Händen auf dem Bauch und einem Rosenkranz in ihnen.

Einen Moment lang starrte ich in unnennbarem Grausen auf dieses Bild, dann wurde mir bewußt, daß ich sofort die Hausherrin holen mußte. Ich stolperte die Treppe hinab und hastete, so schnell es mir meine alten Beine erlaubten, zum Atelier Marie de Ronceforts.

Auf mein Klopfen wurde mir nicht geantwortet. Schließlich riskierte ich es, nach vergeblichen Rufen einfach die Tür zu öffnen.

Ein traumhafter würziger Duft von Holz und nasser Erde, von Blüten und etwas Honig lag im Raum. Auf der Staffelei stand das nunmehr fertiggestellte Gemälde der feiernden Gesellschaft, und darauf gewahrte ich Marie, fröhlich lachend inmitten der jungen Leute und sich gerade zu einem Tanz anschickend. Im Vordergrund der Gesellschaft lag wunderbar realistisch gemalt der Kater auf einem Samtkissen und starrte mich aus dem Gemälde heraus an. Ich brauchte keine Zeit, um sofort die Wahrheit zu spüren, und so beeilte ich mich, das Haus zu verlassen.

Weder das Ehepaar noch der Kater wurden je wieder gesehen. Natürlich hat die Polizei sich jede erdenkliche Mühe gegeben, die beiden zu finden, aber sie hat nicht dort gesucht, wo die Herrschaft zu finden war.

Denn diese hat das Haus ja gar nicht verlassen.